權錢對決
之
6
鋌而走險
姜遠方 著

目錄 CONTENTS

第一章

勝利者姿態

趙老笑說：「這很明顯啊，當然是楊志欣贏了。
楊志欣主動跑去嘉江省，是一種勝利者安撫失敗者的行為，
顯示的是一種高姿態，所以我認為，
如果沒什麼大變故的話，楊志欣應該贏面很大了。」

其後幾天，孫守義一直在密切注意著嘉江省的新聞，當他看到高層某某去嘉江省視察，心中就有些慌了，趕緊打電話給趙老。

趙老接到電話笑說：「小孫，你是看到某某去嘉江省支持睢心雄，就有些慌了神吧？」

孫守義緊張地說：「是啊，老爺子，這不是說鄧子峰這次的選擇是正確的嗎？」

「那可未必，」趙老說：「你不要因為某某去了嘉江省，講了幾句支持睢心雄的話，就認定睢心雄這次贏定了。如果你是這麼看事情的，那你就太膚淺了。」

孫守義愣了一下，說：「老爺子，我有點不明白您的意思，某某對睢心雄的支持難道不是高層對睢心雄的支持嗎？」

趙老笑了起來，說：「誰跟你這麼說的啊？某某什麼時候有代表整個高層的資格了？就我的感覺，某某這次出面有點太過牽強，肯定是受到睢心雄不知道通過什麼管道施加的壓力，才會出面給睢心雄撐場面的，這反而露出了睢心雄的虛弱，若不是虛弱，也不會想要逼著某某出來講話的。」

孫守義不放心地說：「那老爺子的意思是：我不用去理會某某支持睢心

雄的講話了？」

趙老說：「你暫且還是觀察形勢的發展吧，等看看有沒有比某某位階更高一點的領導出面幫睢心雄講話。如果有的話，我們再來討論睢心雄是不是真的可能會贏。」

接下來的幾天，倒是沒有比某某更高層的領導出面發表支持嘉江省和睢心雄的講話了，而是楊志欣去了嘉江省。楊志欣與睢心雄相談甚歡，高度稱讚了嘉江省的整頓活動，

鄧子峰知道楊志欣是這次睢心雄競爭中樞位置的強有力的對手，對手居然跑去嘉江省跟睢心雄示好，這裏面包涵的意味可是太多了，一定是楊志欣知道鬥不過睢心雄，才會主動上門示好的。

孫守義的心就慌亂起來了，不過還沒等他打電話給趙老，趙老的電話卻先打來了。

趙老問口就說：「小孫，你不用再去顧慮睢心雄了，睢心雄沒機會再上一步了。」

孫守義雖然一向對趙老很信服，也知道趙老經驗豐富，但這回卻對趙老的看法有點懷疑了，他說：「老爺子，您怎麼會這麼肯定睢心雄沒機會再上

一步了呢？」

趙老說：「楊志欣去嘉江省的新聞，你看了沒有啊？」

孫守義說：「看了啊，就是因為這樣，我才覺得雎心雄不會沒戲的。」

趙老笑說：「那是你沒往深一層去想，你仔細想想，就會知道雎心雄是沒機會的。」

孫守義想了一下，仍然沒有頭緒，只好求教地說：「老爺子，我還是不太明白，您說的透澈一點好嗎？」

趙老笑了笑說：「這很簡單嘛，你這麼想，兩個競爭對手正打得你死我活，一個卻突然跑去對手那裏參觀學習，還說要學習對手的作法，這是為什麼？如果說雙方實力相當，勝負未分，是絕沒有理由去支持對手的做法的。那樣等於是長對手的士氣，滅自己的威風。」

孫守義納悶地說：「這麼說，老爺子您判斷楊志欣和雎心雄勝負已分了？那是誰贏誰輸啊？」

趙老笑說：「這很明顯啊，當然是楊志欣贏了，雎心雄輸了啊。你想，如果楊志欣輸了的話，作為敗軍之將，他又怎麼會有心情去讚賞勝利者的功績呢？現在楊志欣主動跑去嘉江省，其實是一種勝利者安撫失敗者的行為，顯示的是一種高姿態。所以我認為，如果沒什麼大變故的話，楊志欣應該贏面很大了。」

孫守義總覺得趙老的理由很牽強，不過他也不敢去質疑趙老的判斷，只好說：「行啊，老爺子，我明白你的意思了，我不去理會鄧子峰就是了。」

孫守義其實也不太敢對傅華下手，他知道傅華是外柔內剛的性格，惹急了也是會使出報復手段的，金達都被整得中風了，他如果動手，還不知道傅華會怎麼還擊呢。加上傅華手中還有他借錢的把柄，鬧騰起來，他首先就無法跟沈佳交代，因此孫守義也就打消了整治傅華的念頭。

只要不去招惹他，傅華應該算是對他無害的，因此傅華的事可以往後放一放，先處理別的迫在眉睫的事情。眼前除了傅華之外，還有別的讓他頭疼的人物，這個人就是剛從北京讀完黨校回來的何飛軍。

何飛軍是窩著一肚子火回到海川的，他回來前想要再見歐吉峰一面，跟歐吉峰確定什麼時候能讓他做上這個營北市的市長。

雖然何飛軍早懷疑歐吉峰是在騙他，但是歐吉峰總以種種的藉口敷衍他，他也就還心存一線希望，不願意承認事情已經到絕望的地步。

沒想到歐吉峰卻直接拒絕跟何飛軍見面，說他現在在廣州商談一筆大買賣，無法趕回北京。至於營北市市長的事，只說他的朋友還在幫何飛軍努力，讓何飛軍耐心等待，很快就會有消息了。

何飛軍心裏直罵娘，心想歐吉峰所說的根本是謊言，但是他卻無法強逼著歐吉峰出來跟他見面，更無法跟歐吉峰發火，只好忍氣吞聲的說：「那歐總，還是麻煩你催催你朋友，趕緊把事情給辦了。」

歐吉峰仍是公式化的說一定一定，然後不等何飛軍再有什麼反應，便掛了電話。

何飛軍心情鬱悶的回到海川，稍事休息後，他跟姚巍山報告說他回來了，令他更火大的是，姚巍山居然讓他分管文化教育衛生，而不是讓他接手原來分管的業務。

何飛軍本來就對姚巍山上次在北京對待他的態度耿耿於懷，想說我熱臉貼上了你的冷屁股也就罷了，你還想給我小鞋穿，真當我何飛軍好欺負啊，你一個還沒轉正的代市長也敢這麼來欺負我，我還有臉在海川混下去嗎？

何飛軍當即很不高興的說：「姚市長，您這是什麼意思啊？怎麼人家去中樞黨校學習，回來都是提拔重用，唯獨到了我這裏就變了，不但沒受重用，原來分管的工業還被換成了最不重要的文教衛生，你這不是欺負人是什麼。」

姚巍山冷冷的看了何飛軍一眼，他早就料到何飛軍會有所不滿，便說：「何副市長，你這個態度很成問題啊，文教衛工作怎麼就成最不重要的事了？派你去學習是組織對你的培養，是給你提高自身素質的機會，你怎麼能庸俗的將它等同於職務上的提拔？」

何飛軍諸事不順，哪裏還有心情聽姚巍山講這些大道理，他謀取營北市的市長不成，現在連原本分管的業務都保不住，覺得自己真是太冤了，索性豁出去，衝著姚巍山叫說：「姚市長，您別給我講這些大道理，反正我知道分管文教衛生與分管工業的重要性不可同日而語。我自問沒犯什麼錯，你憑什麼這麼對我？」

姚巍山看何飛軍蠻橫起來，把臉沉了下來，說：「飛軍同志，請你端正一下自己的態度，這不過是正常的工作安排罷了，與什麼錯不錯誤無關。行了，現在工作上的事情我已經交代完了，你可以離開了。」

何飛軍的火氣已經頂到腦門上了，心說他媽的，誰都敢欺負我啊？你姚巍山才剛到海川，立足未穩，在北京給我臉色看也就罷了，現在還想用市長的權威壓制我，也欺人太甚了吧？

「不行！」何飛軍一拍桌子站了起來，指著姚巍山的鼻子叫道：「姓姚的，你別欺人太甚，我憑什麼要離開啊，你今天不給我一個滿意的說法，我就不離開。」

姚巍山愣住了，他這才發現何飛軍在工作方面沒什麼本事，但是耍無賴的本事卻是不少，這傢伙還真是有些棘手。

姚巍山不想把事情鬧大，鬧大的話，誠然會對何飛軍不利，傳出去對他這個代市長也很不好。人家會說他連一個副市長都無法擺平，沒面子不說，還會讓人懷疑他的領導能力。

姚巍山就面色緩和地看著何飛軍說：「飛軍同志，你先別這麼衝動。市政府這麼安排你的工作，並不是說你以前的工作幹得不好，而是基於工作需要才會這麼安排的。現在分管工業的是胡俊森同志，市裏面考慮他對我們新區的建設很重要，所以不想更動他分管的範圍。這也是從工作方面做的考慮，希望你能諒解。」

姚巍山以為他好顏悅色的解釋，就能說服何飛軍，讓何飛軍接受他的安排。但是他卻想錯了，何飛軍本來就是欺軟怕硬的人，一開始還有些膽虛，畢竟姚巍山是代市長，級別比他高，是他的頂頭上司，他這種冒犯的行為是很不應該的。但是一見姚巍山態度軟化下來，就讓何飛軍的膽子壯了起來。

何飛軍叫嚷道：「是啊，你們不想更動胡俊森的分管範圍，就來動我的，就我好欺負是吧？不行，我絕對不能接受，我要找孫書記評理去。」

姚巍山聽了說：「飛軍同志，你別這個樣子，你分管工作的安排，我事先跟孫書記溝通過的，他也同意這麼做的。」

何飛軍愣了一下。他沒想到孫守義早就知道這件事，還同意姚巍山這麼做。孫守義在這件事情中扮演了什麼角色呢？他是僅僅贊同，還是本來就是他在幕後策劃的？

如果是孫守義在幕後策劃的，那他需要認真思考一下這件事要怎麼辦才好了。跟姚巍山衝突是一回事，跟孫守義衝突又是另外一回事了。他跟孫守義有複雜的恩怨糾葛，鬧下去的話，孫守義會不會以這個理由對他下手？

不過這種猶豫在何飛軍心中並沒有持續多長時間，很快就被一種對孫守義怨恨的情緒取代了。心想：我說姚巍山怎麼膽子大了，一個還沒轉正的市長竟敢對我下手，原來背後是有孫守義這個混蛋在支持啊。想來他一定還在為顧明麗找人跟蹤他的事情生氣，所以想借著姚巍山的手來對付他。

媽的，孫守義你這個混蛋，老子也算盡心盡力的幫了你那麼長時間，你不念舊情也就罷了，還和姚巍山聯手來整我，算什麼玩意啊?!你們以為你們聯手，老子就會忌憚你們的權勢忍氣吞聲嗎？想得倒美！我才不會按照你們的思路去走呢。

要是換在以往，何飛軍權衡一下利弊就會勉強接受這個安排的，雖然他也會不滿，但是他知道憑他的實力是不可能跟海川市的市長及市委書記兩個人作對的，真要鬧起來的話，吃虧的只能是他。

但是此時的何飛軍滿心都是怨念，心想反正老子已經夠倒楣的了，營北市長沒拿到不說，還要受孫守義和姚巍山這倆人的氣，實在是忍無可忍了，乾脆豁出去跟你們鬥上一鬥好了。

另一方面，何飛軍盤算過，孫守義既然已經開始整他，那他再留在海川肯定沒好果子吃，還不如大鬧一下，說不定省裏看他跟孫守義、姚巍山矛盾這麼大，會把他從海川調離的，反正最壞的結果也不過是去分管文教衛罷了，沒什麼好怕的。

想到這裏，何飛軍就不再猶豫了，他站了起來，說：「既然這件事孫書記也同意，那我就去找孫書記理論好了，憑什麼就欺負我何飛軍一個人啊。」

姚巍山沒想到抬出孫守義竟然壓不住何飛軍，意識到事情有點被他辦壞了，當初孫守義可是提醒過他，這樣變動何飛軍的分管範疇有點不太妥當，讓他再考慮一下要不要這麼做的，現在真的出問題了。

姚巍山趕忙阻攔道：「何副市長，關於你的分工可是市政府的事，你去找孫書記幹嘛啊？」

何飛軍反駁說：「姚市長，您剛才不是說是孫書記同意你這麼做的嗎？那我就去找孫書記理論一番，我要聽聽他的解釋，看看我犯了什麼錯，你們要這麼懲罰我？」

姚巍山安撫說：「飛軍同志，我不是跟你解釋過了嗎？這是為了工作好才這麼安排的，並不是說你犯了什麼錯誤。」

何飛軍哼了聲說：「那是您的解釋，我想聽聽孫書記的說法，他總不能不講理吧？憑什麼來欺負我啊？」說著就走出了姚巍山的辦公室。

姚巍山阻攔不了，只好放他去找孫守義去了。

姚巍山越想越覺得不妥當，趕快撥了孫守義的電話，打算把何飛軍的情形跟孫守義通報一聲，讓孫守義有個心理準備。

姚巍山歉意的說：「孫書記，我剛才跟何飛軍同志商量工作安排的事，結果飛軍同志跟我吵了起來，現在他去找您了。」

孫守義滿以為這件事姚巍山能夠搞定，沒想到姚巍山還是讓何飛軍鬧到他這裏來了，便很不高興地說：「老姚，我提醒過你，這對飛軍同志有些不公平，你說了一大堆理由，我還以為你能把這件事情安排好呢，結果卻鬧成這個樣子，你叫我說什麼好呢？」

姚巍山愧疚的說：「對不起，孫書記，是我工作沒做好。」

孫守義沒好氣地說：「行了，不用說什麼對不起了，他既然跑來我這兒，就由我來對付他吧。」

過幾分鐘後，何飛軍果然闖上門來了。

孫守義看到滿臉怒色的何飛軍，立即堆起笑臉說：「誒，老何，你從北京回來啦。」

何飛軍瞟了一眼孫守義，不滿地說：「是啊，孫書記，我來找您是為了工作安排的事，姚市長說我不再分管工業部門，改讓我去分管文教衛，還說事先徵得了您的同意，我想來問問您，我是做錯了什麼，讓你們要這麼對待我啊？」

孫守義好言說道：「老何，我也不想讓姚市長這麼做的，當初姚市長跟我說這件事的時候，我就提出反對意見的，我說這對你很不公平，但是姚市長很堅持，說胡俊森同志分管工業分管的很好，新區的工作也離不開俊森同志。你知道市政府是歸姚市長管的，我這個市委書記也不好干涉太多，所以只好同意了。」

孫守義把責任推到了姚巍山的身上，接著又說道：「老何啊，姚市長說的也不是一點道理都沒有，現在海川新區是靠俊森同志的努力才啟動起來的，許多融資工作離開他也不行。融資這塊不是你的專長，所以，我看你暫且就先接受姚市長的安排，去接管文教衛生一段時間，等過陣子新區的融資工作告一個段落了，我再幫你跟姚市長溝通一下，讓你繼續分管工業，你看行嗎？」

孫守義講這些話時和顏悅色，還一口應承會幫何飛軍回頭接管工業事務，似乎是真心想要幫他。但是何飛軍心中卻明白，孫守義這麼說完全是緩兵之計，只是想哄騙他接受姚巍山的安排罷了，心中暗罵孫守義狡猾，老子才不上你這個當呢！

他冷笑一聲說：「孫書記，你當我是三歲孩子啊，你真的會幫我溝通嗎？你別以為我不知道，自從有人誣陷顧明麗找人跟蹤您之後，您心中就對我有意見了，此刻巴不得讓我再也不能分管工業了呢。」

孫守義看何飛軍不上他的當，臉色就沉了下來，說：「老何，你這話說得就沒意思了吧？我是那麼小氣的人嗎？讓你分管文教衛生可不是我的意思，你把帳算在我頭上有點不可理喻了。」

何飛軍駁斥說：「您就別裝了，孫書記，您當我不知道您當初為什麼扣留顧明麗四十八小時嗎？還不是因為您不相信顧明麗是被人冤枉的，所以故意叫姜非整她！您在那件事上整不了我們，現在就想利用姚市長來整我，這根本就是在報復我。」

孫守義裝糊塗地說：「老何，我看你是有點妄想症了，絕不是你想的那樣。好吧，既然你對我有所懷疑，那這件事我就不管了，關於市長分工的安排，本來就是姚市長負責的，你有什麼不滿，直接去找姚市長溝通好了。」

何飛軍叫道：「孫書記，您別想就這麼置身事外，您當我不知道姚市長這麼做根本就是您授意的嗎？您今天一定要給我個說法，要不然我不會就這麼善罷甘休的。」

孫守義冷冷的看著何飛軍，下逐客令說：「我沒有什麼說法，要不要接受隨便你，我要辦公了，現在請你離開我的辦公室，否則我就要叫人進來請你離開了。」

何飛軍有些傻眼，說實話，除了耍無賴之外，他還真沒別的辦法對付孫守義，現在見孫守義不為所動，他也沒有別的招術，只好硬著頭皮嚷道：「我不走，今天如果你不能給我一個讓我滿意的交代，我就不走了。你要叫人趕我走是嗎？行啊，你讓人把我抬出去好了，讓人看看海川出了什麼新鮮事，一個副市長居然被從市委書記的辦公室給抬了出去。」

孫守義看出何飛軍是要耍無賴到底的意思，惱火地說：「行，何飛軍，你不是想要人抬你出去嗎？我就叫人上來。」

孫守義就打電話讓人來把何飛軍抬出去，下面立即上來四個警衛，何飛軍雖然抓住孫守義的辦公桌不肯鬆手，奈何他一個人怎麼會是四個警衛的對手，警衛掰開何飛軍的手，真的將何飛軍抬了起來。

眼見就要被警衛扯著手腳從辦公室抬出去，何飛軍趕忙大叫一聲：「放下我來，我自己走。」

警衛們看了孫守義一眼，孫守義也不想光天化日之下讓警衛把一個副市長從市委書記辦公室抬出去，這事傳出去他的臉上並不好看，就示意警衛將何飛軍放下來。

何飛軍雙腳落地，心想如果就這麼離開了，那他今後的日子肯定是不好過了，看來要出狠招才能將局面扳回來。何飛軍在心中一咬牙，既然已經豁出去了，那就玩個徹底吧。我拿命跟你玩一下好了，看看能不能玩得過你。

何飛軍便衝著孫守義大叫了一聲：「孫守義，這都是你逼我的。」說著，便猛地往前一衝，一頭撞上了孫守義的辦公桌。

在場的人都沒想到何飛軍居然會玩出這一手來，居然不要命了，警衛和孫守義錯愕地愣在當場，也就沒有想到要攔住何飛軍，何飛軍的腦袋結結實實的撞在孫守義的辦公桌上。

孫守義的辦公桌是紅木材質，又硬又結實，被撞了一下之後，桌子沒什麼傷損，何飛軍卻撞得很實在，他只覺得腦袋一疼，眼前一黑，就一頭倒在地上，額頭被撞破的地方流下了鮮血。

孫守義沒想到事態會發展成這個地步，看到何飛軍流血昏倒，不免也有些慌張，趕忙叫道：「趕緊救人，趕緊救人。」

何飛軍就被送到了醫院。孫守義擔心何飛軍有個三長兩短，也跟著救護車去了醫院。

到了醫院，醫生又是拍片又是檢查的，確定何飛軍只是頭部受到猛烈的撞擊，暫時陷入昏迷，治療一下就會醒過來，這才鬆了口氣。

聽到消息，姚巍山也趕到醫院來探望。

看到躺在病床上昏迷不醒的何飛軍，姚巍山看了看面沉如水的孫守義，小心翼翼地問：「孫書記，怎麼會這樣子啊？」

孫守義沒好氣地說：「他非說讓他分管文教衛生是我的責任，讓我給他一個交代，賴在我那裏不走，我只好命令警衛將他抬出去，誰知道這傢伙居然去撞桌子抗議。」

姚巍山問：「孫書記，通知何飛軍的家屬了嗎？」

孫守義的眉頭皺了一下，說到家屬，顧明麗是一個比何飛軍更令他頭痛也更難纏的人物，但是何飛軍現在這個樣子，不通知家屬也不行。

孫守義說：「通知了，他家屬正在趕來的途中。老姚啊，這件事我們要不要跟省委彙報啊？」

孫守義因為被何飛軍的行為嚇到了，一時間六神無主，有點不知該怎麼辦才好，所以才會問姚巍山要怎麼辦。

姚巍山的眉頭也皺了起來，如果報告省委，就等於把這件事給公開化，這對他和孫守義來說，都不是件好事。但是不報告的話，這麼大的事絕對瞞不住，「副市長被逼自殺」這條新聞肯定具聳動性，一定會引起公眾關注的，說不定此刻已經有人將這件事發到網路上去了。

姚巍山苦笑了一下，說：「孫書記，這麼大的事能不報告嗎？肯定瞞不過省委的。我看您還是及早跟省委馮書記彙報一下比較好。我們主動彙報，總比省委看到新聞再下來追查我們好得多。」

孫守義點點頭說：「那我就跟馮書記打電話彙報了，唉，少不得要被教訓一頓了。」

孫守義就撥通馮玉清的電話，說：「馮書記，我是孫守義，有件事要向您彙報一下。」

馮玉清說：「什麼事啊，守義同志？」

孫守義報告說：「我們的副市長何飛軍同志試圖撞桌子自殺，剛被送到醫院，醫生診斷說他沒生命危險……」

「什麼，自殺?!」馮玉清打斷孫守義的話，驚詫地說：「我沒有聽錯吧？」

孫守義尷尬地說：「您沒聽錯，飛軍同志確實是有自殺的行為。」

馮玉清語氣變得嚴厲起來，說：「好好的何飛軍怎麼會鬧自殺呢？你趕緊說是怎麼個情形？」

孫守義就一五一十的作了彙報，聽完孫守義的彙報，馮玉清嚴厲的說：「你和姚巍山是怎麼處理事情的，怎麼一個小小的分工問題，居然會鬧到出人命的程度啊？」

孫守義苦笑說：「對不起啊，馮書記，我和老姚也沒想到飛軍同志會對調整他的分工反應這麼激烈。」

馮玉清斥責說：「一句沒想到就可以把問題搪塞過去了嗎？你們都不是第一天才走到領導崗位上的同志，這種事怎麼事先不考慮周全呢？現在出了事才說沒想到，你們的工作就是這麼幹的嗎？」

孫守義心裏很委屈，誰會想到何飛軍會出此下策呢？然而他也無法卸責，對馮玉清的批評，孫守義也只能一言不發的老實聽著。

馮玉清繼續厲聲訓斥著：「還好何飛軍沒有生命危險，要是他有個三長兩短，你們要跟上面怎麼交代？跟他的家屬又要怎麼交代？做事情前也不動動腦子！」

孫守義低著頭說：「對不起，馮書記，是我們欠考慮了。」

馮玉清教訓道：「不要老是跟我說對不起，現在的關鍵是如何處理善後問題！我看調整何飛軍分工的事你們重新考慮一下吧，你們要安撫好何飛軍和他家屬的情緒，千萬不要再去激化矛盾，惹出什麼麻煩來。」

孫守義心中有一百個不情願對何飛軍讓步，但是馮玉清都這麼吩咐了，他只好說：「是，馮書記，回頭我會重新調整一下思路，到時候再來確定何飛軍同志的分工。我和老姚會處理好這件事的。」

第二章

黎明前的黑暗

傅華說：「這麼說，現在是睢心雄占上風了？」
胡瑜非說：「某種程度上也可以這麼說，不過，
我更願意把這比作黎明前的黑暗，
越是天將要亮了，越是黑暗；
但是黑暗總會過去，黎明總會到來的。」

北京，海川大廈，傅華辦公室。

傅華正在看海川市發過來的文件，他的臉色十分凝重，顯示此刻他的心情並不是很好。

鄧子峰和孫守義這一方遲遲沒對他做出什麼不利的行為，讓傅華心裏有些摸不著頭腦，也讓他感覺有些煎熬。等待的滋味並不好受，尤其是在等待對手出擊的時候。

另一方面，胡瑜非拿走了羅宏明寄來的資料始終沒有進一步的消息，傅華就無從判斷政壇形勢真正的發展方向，雎心雄越來越有聲有色的造勢活動讓他感到一種強大的壓力，壓得他也有些喘不過氣來。

傅華正在心情鬱悶時，高芸敲門走了進來，面帶焦灼之色的看著傅華說：「傅華，我怎麼聽說雎心雄讓嘉江省的警察來抓你，還動了槍，是真的嗎？」

傅華強笑了一下，說：「你別這麼緊張，事情已經過去了，沒事的。」

高芸面帶愧色地說：「對不起啊，傅華，讓你被我連累了。」

傅華說：「別這麼說，我本來就看雎家父子不順眼，又跟他們對著幹過，早晚必然會衝突起來的，所以我們倆也別說是誰連累誰了。誒，你們和穹集團怎麼樣，睢心雄對你們有沒有採取什麼報復行動啊？」

高芸嘆說：「這還用說嗎，我們接連幾個項目都遭到政府部門的為難，不得不暫時停下來，估計這都是睢家在背後搞的花樣。唉，本來我爸就說我處理跟睢才燾的關係太過急躁，現在看見我的時候，臉色更加難看了。」

傅華勸慰說：「你也別怪高董，和穹集團是他一手創立起來的，集團日子不好過，他心裏肯定是不好受的。」

高芸抱怨說：「我還是他女兒呢，真不知道在他心目中是財產重要，還是女兒重要呢?!」

傅華笑了起來，開玩笑說：「當然是財產重要了，女兒總是要嫁人的，嫁出去就是人家的人了。」

高芸也笑了起來，自嘲說：「我現在嫁不出去啦，胡東強和睢才燾的事先後這麼一鬧，在北京我高芸的名聲已經算是臭了，估計沒有哪個男人敢來招惹我了。傅華，這都要怪你，說起來這兩段關係都是你給我攪散的，如果我將來嫁不出去，我就賴上你了。」

傅華回說：「這你就打錯算盤了，我有老婆，你賴不上的。」

高芸臉上的笑容立時黯淡下來，幽幽的說：「有時候想想人也挺沒勁的，想找一個真心在一起的人怎麼就這麼難呢？」

傅華勸說：「高芸，你別這樣嘛，你條件這麼好，總會遇到真心喜歡你的人的。」

高芸慨嘆說：「會嗎？我覺得很難。曾經有那麼一刻，我看雎才燾對我那麼好，以為他並不是衝著和穹集團，而是真心喜歡我的，甚至我父親提醒過我，最好不要去招惹雎家的人，我也沒覺得什麼。想說雎家是雎家，雎才燾是雎才燾，他們不是一回事，也許我可以嘗試去接受這個男人，現在才發現我的想法真是太天真了，他還是想利用和穹集團才來接近我的。」

傅華心中有些同情高芸，雖然她漂亮能幹，和穹集團又擁有億萬資產，但是她接連遇人不淑，情路一直不順，便安慰她說：「高芸，你不要太受雎才燾的影響了，雎家父子都是卑鄙小人，他們猖狂不了幾時的。」

高芸略帶惆悵地說：「你這麼說雎家父子，是給我打氣呢，還是胡叔跟你這麼說的？」

傅華看了高芸一眼，說：「你來是想瞭解胡叔對雎心雄的態度？」

高芸說：「也有這方面的因素，現在一些強勢部門紛紛跟和穹集團為難，別說我爸爸心情不好了，全集團的人都感到很大的壓力，如果一直這個樣子持續下去的話，誰都不知道和穹集團能支撐到幾時。所以我來，一方面是想看看你有沒有事，另一方面也想知道胡家現在對睢心雄的看法。」

傅華的臉色凝重起來，如果一直受打壓，就算和穹集團在國內算是數一數二的民營企業，也是很難支持下去的。

傅華憂心地說：「高芸，我不想騙你，胡叔現在對睢心雄也沒有個明確的態度，那個楊志欣跟胡叔是一個陣營的，可是前幾天卻跑去睢心雄那邊示好，所以我現在也不清楚胡叔他們究竟是支持睢心雄，還是反對睢心雄。」

高芸恐懼地說：「慘了，連胡叔同一個陣營的人都跑去討好睢心雄的話，那就說明睢心雄肯定會得勢的，那和穹集團可就有得受了。傅華，我真的好害怕啊，你說，國家如果被睢心雄這樣的人掌控了，將會是一個什麼樣的惡劣局面啊？我們這些得罪過睢家的人，還能有活路嗎？」

傅華的心情也不輕鬆，但是他不像高芸這樣悲觀，他安慰高芸說：「不會的，我總覺得睢心雄這樣的人是不能長遠的，就算他想掌控這個國家，也得有這個命才行。」

高芸笑說：「你怎麼知道他沒這個命啊？難道你是算命大師？」

高芸說起算命大師，讓傅華想起了那個李衛高，他覺得此刻倒是可以用李衛高大師來緩和一下高芸悲觀的情緒，就笑笑說：「高芸，你別說，我最近還真是跟一位算命大師相處過一段時間，跟他學了幾手看相的功夫。」

高芸愣了一下，隨即取笑說：「你會看相？一定是跟我開玩笑的吧？」

傅華正經八百地說：「哪裏，我真的跟一位大師學過的，我記得大師教過我，像睢心雄這種女裏女氣、男人女相、說話就跟做戲一樣的傢伙，典型的穿上龍袍都不像太子，根本就沒機會坐上龍位。我上次碰到睢心雄的時候，就注意到睢心雄印堂發暗，一副倒楣相，我感覺他馬上就要變生肘腋之間，別說上一步了，他的問題太多，說不定很快就會被雙規抓起來的。」

「你說的是真的嗎？」高芸看了看傅華，不相信地說：「你是哄我開心的吧？」

傅華說：「什麼啊，你可不要瞧不起我，我的看相是經過大師真傳的，靈驗得很。你不信的話，我再給你看看，你額頭很寬，鼻梁挺拔，一看就知道你心路寬，有擔當，不過你雙眉一高一低，說明婚姻方面暫時還不和諧，等到月德光輝、紅鸞星動，自然會找到如意郎君的。」

高芸被傅華說得一愣一愣的，笑著說：「你這是從哪學的詞啊，還什麼月德光輝、紅鸞星動的，挺有一套的。」

傅華笑說：「這下你相信了吧，我可是經過大師指點的。」

高芸笑罵說：「你就再胡說八道吧！誒，我的兩個眉毛真的一高一低的嗎？」

高芸說著拿出粉盒，打開裏面的小鏡子照著自己的臉，說：「究竟哪邊高啊？我怎麼看不出來？」

傅華哈哈大笑了起來，說：「高芸啊，這時候我才覺得你真正的像個女人，只有女人才會在這種時候還有心情關心自己的眉毛畫得是否好看。」

高芸沒好氣地說：「滾一邊去，我本來就是女人嘛。你告訴我，究竟是哪一邊高啊，左邊還是右邊？」

傅華原本是隨口跟高芸開玩笑的，並不是真的看出高芸的眉毛畫得哪邊高哪邊低了，但看樣子，他要是不跟高芸說究竟是哪邊高了的話，高芸是不會安心的，就笑笑說：「是左邊。」

高芸對著鏡子看了一下，說：「左邊真的是高了一點，你這傢伙，倒把我看了個仔細啊。」

高芸就對著鏡子把眉毛重新描畫了一番，然後對傅華說：「我知道你是逗我開心的，謝謝你了，現在我的心情好多了。希望雎心雄真的像你所說的那樣，趕緊被抓起來。」

傅華拍拍胸脯說：「你放心，我說的一定靈驗，睢心雄一定會被抓起來的。還有，你的紅鸞星也會很快就動的，你就等著你的如意郎君來追你吧。」

高芸的臉一下子變得無比通紅，她用粉拳搥了傅華的肩膀一下，嬌羞的說：「你這個壞蛋，就會拿我尋開心，你又不是不知道我的心思。」

辦公室的氣氛馬上就變得曖昧起來，傅華也覺得自己的話有些挑逗的意味，就尷尬了起來，不知道該說些什麼去回應高芸。

恰在這時，他的手機響了起來。傅華趁機站起來，走到旁邊去接電話，這才化解了彼此的尷尬。

傅華看到打來的電話號碼並不熟悉，狐疑地問說：「你好，我是傅華，您是哪位？」

對方爽朗的說：「傅老弟，我是黎式申啊。」

傅華聽了，趕忙問：「是黎副廳長啊，你還好嗎？你這是在哪裏打的電話啊？」

黎式申回說：「我很好，我現在在嘉江省。」

傅華說：「你回嘉江省了？睢心雄沒對你怎麼樣吧？」

黎式申說：「他倒是想對我怎麼樣，不過也得有這個本事啊！老弟，你放心好了，我很安全。」

傅華這才放下心來，說：「你安全就好，你見過睢心雄了嗎？」

黎式申說：「見過了，跟他聊了很久，我們已經達成一致，他會透過關係推薦我去北江省出任公安廳的廳長，幫我調離嘉江省，也承諾我們之間的一切恩怨就此勾消。至於你和他的事，我也跟他交涉了，他同意事情到此為止，只要你不再攻擊他，他就會把恩怨都揭過去的。」

傅華感覺睢心雄跟黎式申承諾的條件似乎太好了，好的令他感覺到不可能的地步，他開始為黎式申擔心，覺得睢心雄給黎式申開出這麼好的條件，是為了麻痹黎式申，好爭取時間來對付黎式申。

傅華就想提醒一下黎式申，說：「黎副廳長，睢心雄給你這麼好的條件是真心的嗎？」

黎式申笑說：「我瞭解那個混蛋，那個混蛋根本就沒什麼真心的。」

傅華困惑地說：「那你還相信他？」

黎式申很有自信地說：「我相信的不是睢心雄，而是我手中掌握的資料，我手裏握著睢心雄作惡的罪證，包括那個財政廳副廳長邵靜邦提供的證據，他如果不向我低頭的話，他就等著坐牢吧。」

傅華詫異地說：「你有邵靜邦提供的證據？邵靜邦不是死了嗎？」

黎式申說：「邵靜邦死了不假，但是在他死之前，我跟他見過一面，他知道被睢心雄算計了，十分恨睢心雄，就對我說：『黎副廳長啊，你也小心些，別一味的死心塌地的為睢心雄賣命，免得到最後也跟我一個下場。』我看到睢心雄這麼對待邵靜邦，心中也有些兔死狐悲的感覺，就問邵靜邦還有什麼未了的心事沒有。邵靜邦就說他當初調撥那筆三億資金的時候也很害怕，所以當時讓睢心雄給他寫了一張條子。這張條子他一直保存著，於是就交給了我。」

傅華質疑說：「黎副廳長，這個條子是真的嗎？如果是真的話，當初邵靜邦為什麼不拿出來保命呢？」

黎式申有恃無恐地說：「他如果拿出來會死得更快，當時辦這個案子的人跟我一樣，都是睢心雄的心腹，要是拿到這張條子還不馬上就銷毀啊？他最後會交給我，其實也是看我對睢心雄有了戒心，才肯把藏這張條子的地方告訴我的。我跟你說，傅老弟，我可以十二萬分的肯定這張條子是真的，因為我看過那上面的簽名，跟睢心雄的字跡一模一樣。」

傅華反駁說：「那也不能保證一定是睢心雄簽的，也許是高手仿造的呢？」

黎式申笑笑說：「絕對不會，因為我跟睢心雄談的時候，提到過這張條子，睢心雄當時臉色就變了，直問我這張條子現在在哪裏？如果不是真的，他會這麼緊張？」

雖然黎式申握住了睢心雄的要害，但是傅華直覺上還是覺得黎式申不是睢心雄的對手，睢心雄如果這麼好對付的話，他也不會有今天這個地位了。

傅華忍不住警告說：「黎副廳長，現在睢心雄是不得不低頭，但是睢心雄可不是那麼好對付的，你要小心他會使出殺手鐧來報復你。」

黎式申說：「這我知道，睢心雄是什麼性子我比你清楚，你放心好了，我還留有後手的。老弟，等我去北江省上任後，我會專程跑一趟北京，跟你好好喝一次酒的。」

傅華心裏卻抱著悲觀的想法，認為這杯酒很可能喝不成，這不僅是因為睢心雄不會這麼輕易就放過黎式申，還有一個重要原因，是胡瑜非已經將羅宏明舉報的資料拿走了，這些資料如果到了中紀委，恐怕就算睢心雄真心想幫黎式申成為北江省的公安廳長，也很難做到了。

但這些話傅華不能跟黎式申明說，只好笑了笑說：「那我就恭候你的到來了。」

黎式申豪邁的說：「到時候我們可要大醉一場才行！」

黎式申掛了電話後，高芸在一旁說：「這個黎副廳長是不是睢心雄原來的幹將黎式申啊？」

傅華點點頭說：「就是他，他現在跟睢心雄翻臉了，所以逼著睢心雄把他調到北江省做公安廳廳長。」

高芸不以為然地說：「這不太可能吧，且不說睢心雄有沒有能力幫黎式申坐上北江省的公安廳長，就算睢心雄有這個能力，估計他也不會就這麼輕易放過黎式申的，恐怕黎式申要有生命危險了。」

傅華看了看高芸，說：「你是說睢心雄要對黎式申不利？」

高芸說：「對啊，你難道不知道嗎，公安部門是受主管部門和上級公安部門雙重領導的，要任命一個公安廳的廳長，不僅需要所在省的同意，還需要徵得公安部的同意，想搞定北江省和公安部，就算是睢心雄再神通，也不是短時間內能辦到的，因此，我判斷睢心雄這不過是要穩住黎式申的緩兵之計罷了。」

傅華眉頭皺了起來，高芸的推測跟他的判斷基本上是一致的，看來黎式申的處境還真是很不妙。

高芸繼續說道：「另一方面，雎心雄也不會放黎式申去北江省上任的，那等於是放虎歸山，黎式申只要活著一天，就是他的心腹大患，他就會睡不安枕，所以他必然要除掉黎式申才行。」

傅華面色凝重地說：「看來我們對這件事情的判斷差不多，我也認為雎心雄不會就這麼放過黎式申的。黎式申說他還留有後手，希望他這個後手真的有用。」

這時，傅華的手機再次響了起來，是胡瑜非打來的，傅華接了電話，胡瑜非問：「傅華，在哪兒呢？」

傅華回說：「我在駐京辦，胡叔找我有事嗎？」

胡瑜非說：「你過來一下，咱們聊聊。」

傅華正想瞭解一下雎心雄和楊志欣這兩個競爭對手目前的狀況，究竟現在誰占了上風？羅宏明舉報的資料有沒有被送到中紀委去？還有楊志欣為什麼還要跑去嘉江省跟雎心雄示好？

這些問題這幾天一直縈繞在傅華心中，讓他心裏像被堵了一塊石頭一樣的難受，便立即說：「行，胡叔，我馬上就過去。」

掛了電話，傅華就對高芸說：「胡叔讓我去他那裏。」

高芸說：「你去吧，如果從胡叔那裏瞭解到什麼新的情況，別忘了跟我說一聲。」

傅華點點頭說：「行，回頭給你電話。」

傅華就去了胡瑜非那裏，胡瑜非依舊是一身休閒打扮，看傅華來了，示意傅華坐下，又拿了一杯泡好的茶說：「先嘗嘗我泡的這杯茶夠不夠火候。」

傅華看茶湯紅豔明亮，嗅起來有一種果味的香氣，就說：「是紅茶啊。」就拿起茶杯喝了一口。

他現在的心思只在睢心雄和楊志欣身上，哪裏有心情去細細品茶的好壞，因此喝了一口之後，就將茶杯放了下來，看著胡瑜非想要發問。

胡瑜非說：「傅華，沉不住氣啦？逢大事要有靜氣。跟你說，這茶可是祁紅，你可別浪費了。」

祁紅是祁門紅茶的簡稱，產於安徽省祁門一帶。祁門紅茶是紅茶中的精品，享有盛譽，詩云：祁紅特絕群芳最，清譽高香不二門。說的就是祁門紅茶高香美譽，香名遠播。

傅華也知道自己有些心急了，不好意思地拿起茶杯再次細細品味。靜下心後，果然就品出這茶的不一樣來，不禁評說：「這茶滋味鮮醇酣厚、清香持久，香氣初嘗酷似果香，細品又帶有蘭花的香味，又有一種像蜂蜜一樣的甜香。果然是好茶啊。」

胡瑜非笑說：「這就對了，我記得我跟你說過茶道的真諦，其實茶道並不能讓茶泡得更香，而是讓人把心靜下來，只有心靜，才能真正品味出茶的香來。推而廣之，茶道跟處理事情是一樣的，只有靜下心來，才能把事情真正的處理好。」

傅華誠心地受教說：「胡叔，看來我要修煉到您這樣氣定神閒的程度，還需要下些功夫才行。」

胡瑜非笑說：「那是當然，怎麼，這些天看睢心雄造勢造得有聲有色，是不是把你悶壞了？」

傅華鬱悶地說：「是啊，我真是有點看不懂，中樞的某某和楊志欣先後去了嘉江省，好像真的有要大推嘉江省那一套之勢，嘉江省這一套根本就是行不通的，他們也是大領導，怎麼連這一點都看不透呢？」

胡瑜非說：「你怎麼知道他們看不透啊？他們不是看不透，而是有些事情迫於形勢，不得不為之而已。這些領導心中都有他們自己的一盤帳的，他們會權衡利弊，從而做出對自己最有力的選擇。」

傅華看了看胡瑜非，說：「這麼說，現在是睢心雄占上風了？」

胡瑜非樂觀地說：「某種程度上也可以這麼說，不過，我更願意把這比作黎明前的黑暗，越是天將要亮了，越是黑暗；但是黑暗總會過去，黎明總會到來的。」

傅華卻憂心忡忡地說：「我也知道黑暗總會過去的，但是這個黑暗究竟會持續多長時間呢？我看睢心雄現在的囂張氣焰，恐怕這股黑暗一時半會兒是過不去的。」

胡瑜非開導傅華說：「你不要只看一時，雖然一時片刻睢心雄占了上風，但不代表他會笑到最後。有時候，政治比的不僅僅是誰強大，還要比誰更有耐心，有耐心就會守得雲開見月明的。誒，你知道嗎，楊莉莉這幾天一直待在嘉江省，據說跟睢心雄過從甚密。」

過從甚密可就不僅僅是出席見面會支持雎心雄那麼簡單了，難道關偉傳竟然把自己的情人讓給雎心雄？

這個做法可有點太超過了。但是聯想到雎心雄的好色，這也是不無可能的。也許關偉傳為了讓雎心雄幫他什麼忙，真的把楊莉莉獻給了雎心雄。

傅華不禁咋舌說道：「不會吧?!如果真是這樣的話，這兩個傢伙也太下作了點。」

胡瑜非笑說：「這有什麼不會的，一個女人而已嘛，你看看中國歷史上，為了保住自己的平安和權勢，多少男人將自己心愛的女人獻出去的？那個李後主不是將自己的老婆小周后獻給宋太宗趙光義嗎，宋太宗還找人畫了太宗臨幸小周后的圖呢。」

傅華大為感嘆道：「這倒也是。誒，胡叔，能逼著關偉傳將楊莉莉獻給雎心雄，關偉傳遇到的麻煩肯定不是件小事，您沒查一下這究竟是怎麼一回事嗎？」

胡瑜非老謀深算地說：「我能不查嗎？現在關偉傳都對天策集團下手了，我再不查的話，真要坐看人家把天策集團給整倒啊！」

傅華忙說：「那您查到了什麼沒有？」

胡瑜非說：「無非是關偉傳涉嫌貪腐的事罷了，要查還不簡單！我已經查到了，是關偉傳在做省長期間，幫助一個商人低價拿了塊土地，從中受賄一千多萬。現在拆遷方面產生了很大的糾紛，有人就向中紀委舉報了關偉傳。中紀委本來是準備要查處關偉傳的，據說睢心雄出面幫關偉傳溝通，讓中紀委把這件事情給壓了下來。」

傅華心想：原來是這樣啊，關偉傳等於給了睢心雄一個控制他的把柄，難怪他會幫睢心雄去對付天策集團。

「胡叔，既然你查出了事實，下一步打算怎麼辦？是放過關偉傳，還是要對付他？」傅華好奇地問。

「放過他，可能嗎？」胡瑜非冷笑一聲說：「如果我不教訓這個噬主的混蛋，我們胡家還有臉在北京混嗎？你等著看吧，關偉傳很快就要倒楣了。睢心雄可以幫他把中紀委的事情壓下來，我也能讓中紀委重新啟動對他的調查，而且，我還會讓這一次的調查來得更嚴厲，他就等著去吃牢飯吧。」

看到胡瑜非臉上森冷的表情，傅華心中暗自慶幸當初沒有接受胡瑜非要幫他進入北京官場的安排，要不然他也會像關偉傳一樣，被視為是胡家的奴才了。像胡家這樣的紅色世家提供的幫助，是不會沒有代價的；同樣的，如果背叛他們的話，也會遭受到極為殘酷的打擊。

關偉傳就是一個典型的例子，一個官拜國土部部長的高級官員應該是威風八面了，但還是受制於胡家、睢家，稍有不慎就有去吃牢飯的可能。

當然，關偉傳在上升的過程中肯定是得到了胡家極大的幫助，不然他也不可能爬到部長的高位，因此胡瑜非對他的背叛震怒，也在情理當中。

同時傅華意識到，關偉傳可能被送去吃牢飯，也意味著胡瑜非和楊志欣並沒有真的對睢心雄認輸，他們準備通過打擊關偉傳反擊睢心雄。這也表示楊志欣跑去嘉江省，只不過是一種妥協的表象，臺面下楊志欣從來都沒有放棄跟睢心雄的競爭。

現在看來，睢心雄也無法確定就一定會勝出，傅華感覺他和楊志欣的贏面是五五波，還是一個勝負未分的膠著狀態。

但目前的跡象表明，形勢在朝著有利於胡瑜非和楊志欣的方向發展。關偉傳如果真的被調查，也就意味著睢心雄無法掌控中紀委了，這時候如果再鬧出黎式申被舉報的事情，形勢就會一邊倒的朝著不利於睢心雄的方向發展下去。

傅華又問：「胡叔，舉報黎式申的那些資料您交給中紀委了？」

胡瑜非點點頭，說：「我交給中紀委的一位朋友，正在處理當中。遺憾的是那些資料只涉及到黎式申，無法追到雎心雄身上。」

傅華懷疑地說：「很難說，胡叔，現在雎心雄和黎式申已經鬧翻了，如果追到黎式申身上，黎式申為了自保，說不定就會將雎心雄咬出來的。今天黎式申還跟我通了電話，說是雎心雄為了安撫他，答應讓他去做北江省的公安廳廳長呢。」

「北江省的公安廳長？」胡瑜非笑了起來，說：「雎心雄真敢吹牛啊，他以為北江省是他家的啊，他想讓誰做公安廳廳長……誒，不對，雎心雄應該知道他沒這個能力，他敢這麼承諾，是想拖住黎式申，這傢伙想要對黎式申下手了。不行，這可不能讓他得逞。事情緊急，我要趕緊打個電話。」

胡瑜非知道黎式申是能突破雎心雄的關鍵人物，黎式申如果被滅口，再要去突破雎心雄就會很難了，因此馬上抓起了桌上的電話開始撥號。

過了一會兒，對方接了電話，就聽胡瑜非說：「志欣，我聽到一個情況，是關於黎式申和雎心雄的……」

這通電話居然是打給楊志欣，胡瑜非把從傅華這邊瞭解到的情形跟楊志欣講，楊志欣聽完，說了聲會讓嘉江省的人密切注意黎式申，就掛了電話。

胡瑜非放下電話，對傅華尷尬地笑了笑說：「你也聽到了，我在幫楊志欣，楊志欣這人很務實，做事低調，各方面都很優秀……」

傅華笑了一下，說：「胡叔，你不用跟我解釋什麼，我對這些沒有什麼興趣，我參與其中，只是不想讓雎心雄得逞罷了。」

胡瑜非說：「那我就不多說什麼了。黎式申被舉報的事我會加緊進行的，現在看來雎心雄很快就要對黎式申下手了，最好讓中紀委趕緊把黎式申控制住，以免發生什麼意外。」

兩人正說著，胡瑜非的電話響了起來，胡瑜非立即接通了，說：「志欣啊，怎麼了？」

楊志欣語氣急迫地說：「瑜非，我們晚了一步，黎式申剛剛在嘉江省發生車禍，車子跟一輛重型卡車撞到一起，黎式申當場死亡。」

胡瑜非倒抽一口涼氣，說：「黎式申這麼快就被滅口了？雎心雄動作可真夠快的。」

楊志欣嘆說：「是啊，我們防範的有點晚了。」

傅華在一旁聽到黎式申死了，頓時感到一陣心慌，黎式申剛剛還跟他說要來北京跟他喝酒的，轉瞬間人就沒了，世事的變化快得讓人有些難以置信。

這根本就是一場精心安排的謀殺，睢心雄為了消除心腹大患，已經到了喪心病狂的地步。

傅華忽然想到黎式申說的那張簽字的字條。就對胡瑜非說：「胡叔，您趕緊讓楊書記命令在嘉江省的人去找找黎式申留下的東西，黎式申說他對睢心雄有所防備，所以應該會留下點什麼的。」

電話那頭楊志欣聽到了傅華的話，立即說：「沒用的，出車禍的第一時間，睢心雄就讓嘉江省警方把與黎式申有關的物證都控制住了，不讓任何人接觸，所以根本就無法調查黎式申究竟留下了什麼。」

傅華著急地說：「睢心雄憑什麼控制黎式申留下的東西啊？」

楊志欣說：「他說黎式申的死亡不是車禍，而是謀殺，是黎式申在嘉江省的大整頓活動做得太出色，以至於得罪人才被謀殺的。嘉江省決不能讓黎式申這個優秀的同志白白的被謀殺，一定要查出兇手是誰予以嚴懲。」

傅華咋舌道：「這傢伙簡直就是個天才，這樣的理由也想得出來。」

傅華不得不承認睢心雄十分聰明，他打著給黎式申報仇的旗號，來防止黎式申留下他的罪證流失到外面去。這人做事的縝密和老辣簡直讓人嘆為觀止。

楊志欣掛了電話，胡瑜非和傅華相互看了看對方，神情都很嚴肅，因為他們都很清楚這次遭遇到了極為棘手的對手。

兩人對看了一會兒，胡瑜非說：「現在黎式申死了，舉報黎式申的資料就死無對證了。」

傅華心想，如果就此罷手的話，睢心雄就算是徹底逃過懲罰了，絕不能就這樣便宜了睢心雄。

傅華忿忿地說：「胡叔，雖然死無對證，但這件事情卻不能就這麼結束，我認為不但不能停下來，相反的，因為黎式申的死更應該查下去，還要大張旗鼓的查，最好是把黎式申的犯罪行為給公開，讓人們知道黎式申是犯了罪的。」

胡瑜非卻持不同意見，說：「傅華，我們不能這樣對待一個死人，中國人講究死了死了，死了就了結了，再大的錯誤也不能去追究到死人身上，你說是吧？」

傅華說：「胡叔，我承認您說的很有道理，但是我們現在面對的對手不是黎式申，而是睢心雄。睢心雄以為黎式申死了，他的罪惡就被遮掩過去了，那是絕對不可能的。我們揭發黎式申，是要揭發睢心雄標榜的整頓行動不是正義的，反而是他魚肉百姓的醜惡行為。」

在此之前，睢心雄的整頓活動在民間評價一直很高，一方面是因為民眾現在對社會上的一些醜惡現象深惡痛絕，睢心雄的整頓活動順應了民眾這方面的情緒；另一方面，睢心雄在嘉江省利用黎式申手中的公安力量，對輿論進行高壓控制，任何質疑睢心雄和整頓活動的人都被打壓，使得整頓活動只有一面倒的叫好聲。

傅華覺得黎式申的死正是撕下睢心雄臉上假面具的最好契機，通過將黎式申的所作所為公開，讓人們看到這個被睢心雄標榜為整頓功臣的黎式申究竟是個什麼樣的貨色，從而引發人們對睢心雄的懷疑。

胡瑜非眉頭緊皺著說：「傅華，我們真要這麼做嗎？我總覺得這麼做有點缺德。」

傅華攤了攤手說：「胡叔，您自己決定吧，是為了維護黎式申的聲譽任憑睢心雄繼續囂張下去，還是揭發黎式申的犯罪行為，從而打擊睢心雄呢？」

胡瑜非猶豫不決地說：「傅華，我知道你的想法是明智的做法，但是我覺得去利用死者，心裏總是不舒服。」

這時，傅華的手機響了起來，是馮葵打來的，他不敢在胡瑜非面前接這個電話，以胡瑜非的精明，肯定馬上就會猜到他跟馮葵的關係。傅華就按下接聽鍵，沒等馮葵講話就說：「我現在在跟朋友談事情，一會兒打給你。」然後就掛了電話。

胡瑜非看了傅華一眼，問說：「誰啊？」

傅華含糊帶過說：「駐京辦的一個同事，可能單位有什麼事情找我吧。胡叔，您還有別的事嗎？」

胡瑜非搖搖頭說：「沒有了，你去忙你的吧。」

傅華就站起來，告辭說：「那胡叔，我就先回去了。」

傅華往外走時，胡瑜非不忘在背後提醒說：「傅華，最近出入要小心一點，現在睢心雄有點發瘋了，我很擔心他會對你不利。」

傅華允諾說：「胡叔，我會注意的。」

胡瑜非嘆了口氣說：「唉，也許我該照你說的那樣，把黎式申的事給鬧騰出來。」

傅華不置可否地說：「胡叔，您斟酌著辦吧。」

傅華從胡瑜非家中出來，立即給馮葵回電話。

馮葵開玩笑說：「剛才是不是攪了你跟哪個情人的幽會啊？」

傅華笑說：「除了你，我哪還有別的情人啊，剛才是在胡叔那裏，我怎麼敢跟你講話啊。你找我幹什麼啊？」

馮葵說：「兩件事，一是告訴你那個黎式申死了，聽說是出車禍死的，警方懷疑黎式申是被人謀殺的，正在緝拿兇手當中。」

傅華苦笑說：「這事我知道，胡叔剛才跟我說了。」

馮葵愣了一下，說：「老公啊，你怎麼好像情緒不是很高啊？我還以為你聽了這個消息會很高興呢。」

傅華不願意讓馮葵太攪合在這件事情當中，也不想讓馮葵知道的太多，就說：「我高興什麼啊，兔死狐悲，物傷其類，我怎麼能高興呢？誒，你不是說還有一件事嗎？」

馮葵說：「另一件事是黃易明來北京了，說是想跟你見見面。」

傅華說：「上次我跟他通話的時候，曾經答應說他來北京時，會和你一起給他接風洗塵。這樣吧，你跟他比較熟，你選飯店吧，我請他吃飯。」

馮葵想了想說：「那就定西城區的潮皇食府吧。」

潮皇食府是北京吃潮州菜一個相當高檔的地方，燕翅鮑這些名貴菜品做的很出色，算是一處高檔商務宴請的酒店，選在這個地方接待黃易明倒也合適。傅華就說：「行，那就去潮皇食府吧。」

第三章

魏武捉刀

黃易明個子不高，闊額方臉，臉色黝黑，
長的樣貌很一般，甚至讓人感覺有點醜。
但是這個人卻給傅華一種很特別的感覺，
這是一個無法讓人忽視的人，
傅華從他身上想到了「魏武捉刀」的典故。

潮皇食府坐落在西城區蓮花池東路一號，大門處燈火輝煌。

傅華做為主人，比約定的時間提前到了那裏。過了幾分鐘，馮葵也到了。

馮葵笑說：「你猜黃董會不會把你的小情人也帶來啊？」

傅華知道馮葵說的小情人是指許彤彤，反駁說：「好了，開玩笑也要適可而止，許彤彤就是一個認識的朋友而已，不是我的什麼小情人。」

馮葵笑說：「行行，就算是你朋友，那你說黃董會不會把她給帶來啊。」

傅華不加思索地說：「這還用說，肯定會帶的。」

馮葵大惑不解地說：「你怎麼敢這麼肯定？難道你覺得你有什麼地方是黃董必須要巴結你的，所以不敢不帶許彤彤過來？」

傅華笑說：「我倒是沒什麼地方可讓黃董巴結的，我這麼肯定，是因為我看到黃董和許彤彤了。」

馮葵轉頭看向門外，果然看到黃易明很紳士風度的打開車門，攙著許彤彤從車上下來，許彤彤穿著一身黑色的旗袍，前胸部位繡著一朵鮮豔的牡丹，把高挑的許彤彤襯托得格外的豔麗妖嬈，立時吸引潮皇食府的食客們紛紛矚目。

馮葵讚嘆說：「果真是佛要金裝，人要衣裝，這麼一打扮，許彤彤就是今晚潮皇食府最動人的女人了。」

傅華笑說：「比起你來，她還差了那麼一點。」

馮葵不信地笑說：「你是哄我開心的吧？」

傅華笑了笑說：「我是說真心話，你沒看她的眼神有些怯生生的嗎？她終究是小家碧玉，身上總少了一點你那種從容不迫的雍容氣度。」

馮葵露出燦爛的笑容說：「算你會說話。」

這時，許彤彤挽著黃易明的胳膊往潮皇食府裏面走，傅華和馮葵立即迎了出去。

馮葵招呼著說：「黃董，飛機坐得累不累啊？」

黃易明笑笑說：「我成天飛來飛去的，習慣了，誒，這位就是傅先生吧。」

傅華雖然在不少報刊雜誌上看過黃易明的照片，但見到本人還是第一次。黃易明個子不高，五十多歲的樣子，闊額方臉，臉色黝黑，長的樣貌很一般，甚至讓人感覺有點醜。但是這個人卻給傅華一種很特別的感覺，這是一個無法讓人忽視的人，傅華覺得即使在再多的人群中，黃易明也會讓人一眼就注意到。

傅華從他身上想到了「魏武捉刀」的典故。魏武帝曹操要會見匈奴使臣，認為自己形象醜陋，不夠威懾遠方的國家，就讓崔季珪代替他接見使臣，他卻舉著刀站在旁邊。

見完面後，曹操讓下臣問匈奴使臣：「魏王怎麼樣？」

使臣回說：「魏王風雅威望不同常人，但旁邊舉著刀的那個人，才是真英雄。」

使者之所以能認出曹操來，是因為曹操身上自然顯現出的那種霸氣，此刻傅華對黃易明的感覺就跟使者對曹操的感覺是一樣的，難怪他能把天下娛樂公司搞得這麼大，果然不是一個平凡的人物。

傅華跟黃易明握了握手，由衷地說：「您好，黃董，很榮幸能夠見到您，我學生的時候可是看過很多貴公司的電影，對貴公司的幾位大明星真是仰慕的很啊。」

黃易明笑了笑，語帶遺憾地說：「此一時彼一時啦，那時候正是香港電影的黃金時代，那些明星都是天王巨星，現在很難再發掘到那樣優秀的人才了。」

這時，許彤彤也跟馮葵和傅華打了招呼，她在黃易明身邊有些緊張，一舉一動都顯得十分拘謹。

寒暄完畢，一行人往餐廳裏面走。潮皇食府的設計頗為獨具匠心，迎面看到的是一幅金碧輝煌的清明上河圖，這是用十噸重的砂岩精雕細琢而成，再鑲嵌上金箔，巧奪天工的建築設計，堪稱一絕。三層樓高的石牆瀑布直瀉而下，魚池中，靈動的魚蝦游於青草卵石間。亭邊臺上，箏聲曲折回轉，順水而下的青竹、石牆、藍天、白雲，都讓人從世俗中歸於寧靜。

服務小姐將一行人帶進預定的金山廳，坐下來後，馮葵笑問黃易明：「黃董，您看吃點什麼？」

黃易明隨和地說：「小葵，你看著安排吧，我什麼都可以的。」

黃易明跟馮家是世交，馮葵算是他的晚輩，他稱呼馮葵為小葵，自然而且透著親切。馮葵就揀了幾樣招牌菜，蟹肉蟹黃金湯翅、四頭的溏心大碗鮑之類的。

黃易明對傅華說：「傅先生，尹章把他要去海川幫你們拍形象宣傳片的事跟我說了，我聽了，感覺他的創意還可以，他用彤彤小姐我覺得也挺合適的。我也警告過他了，拍片的過程中不准打彤彤小姐的主意。」

傅華笑說：「其實尹導演人挺誠實的，那天黃董讓他打自己十個耳光，我們都勸他不用打那麼多下，但他還是堅持打完十下。」

黃易明笑笑說：「尹章這個人，有才是有才，就是管不住自己的下半身，所以難免有時候就落入下乘，這樣的人不管教他不行的。」

馮葵在一旁附和說：「就是啊，尹章這幾年在圈子裏的名聲越來越差，幸虧黃董您管著他，不然還不知道有多少像彤彤這樣的女孩子被他禍害了呢。」

黃易明笑了笑說：「小葵，也不能這麼說，這個圈子本來就有些亂，也不僅僅是尹章這個樣子，搞藝術的嘛，難免會有些隨性而為的。誒，傅先生，你知道這次你們市裏編列拍這部片子的預算是一千多萬嗎？」

傅華詫異地說：「請尹章拍片需要這麼貴啊，不就一個宣傳片嗎？拍拍風景，讓彤彤小姐幫忙解說一下，這就要一千多萬啊？」

黃易明說：「原來你不知道啊，其實這個價格並不是天下娛樂提出來的，說實在，這個片子看傅先生的面子，天下娛樂免費製作都可以的，一千多萬雖然也算是一筆錢，但是還沒看在我黃易明的眼中。」

黃易明這麼說是不想讓傅華誤會是天下娛樂故意開高價的。馮葵既然為這件事出面，這裏面就牽涉到了馮家，黃易明不想讓馮家覺得他一點情面也不講。

傅華不禁看了黃易明一眼，馬上就明白這其中的貓膩了，肯定是有人想在製作費中收取好處，所以才會把片子的製作費故意給抬高的。這個人八成是姚巍山或者李衛高，或者兩人根本就是串通一氣的。

對此傅華早已見怪不怪了，凡是涉及到公家部門的採購，經手人鮮有不從中謀取好處的。

黃易明接著說道：「看來傅先生對此並不知情，不知道你有沒有什麼想法，如果有的話，跟我說一聲，我會儘量滿足你的。」

傅華明白黃易明這麼說是在暗示他，如果他也想從中收取好處的話，黃易明也會滿足他這個要求。

傅華便說：「謝謝黃董的好意，我是不會拿這種錢的。」

黃易明笑說：「我猜你也不會拿這個錢的，呂鑫跟我說傅先生是個很特別的人，有自己的處事原則，現在看來果然是這樣子。」

傅華自嘲說：「呂先生大概是說我不夠圓融吧，其實我這個人也不是那麼古板，只是有些錢我不願意去碰。」

黃易明說：「我倒覺得呂鑫這是欣賞傅先生的意思，君子愛財取之有道，做什麼事情其實都要有一個原則，無規矩則不成方圓，只有這樣才能走得更遠。你們官場上的人是這樣，我們搞娛樂的也是這樣。我為什麼要教訓尹章，就是覺得他太不守規矩了，如果我們公司的人都像這個樣子的話，那我們就不是搞影視製作的，而是變成一個妓院了。」

傅華笑說：「黃董這話說的真是到位，對某些人的行為的確是需要加以控制的。」

黃易明說：「看來傅先生很多觀點跟我一致，不知道傅先生有沒有興趣跟我合夥做生意啊？」

傅華訝異地說：「做生意？想不到黃董還這麼看得起我?!」

馮葵卻對黃易明的提議很感興趣，瞅了傅華一眼，說：「你別這麼不當回事，聽聽黃董的建議再說。」

黃易明說：「就是啊，你不聽聽我的建議，又怎麼知道我做的生意適不適合你啊？」

傅華笑說：「倒是我急躁了，不知道黃董想要跟我做什麼生意啊？」

黃易明笑了笑說：「我們天下娛樂準備進軍北京的夜總會市場，初步打算要開設一家俱樂部性質的休閒總會，為北京提供高品質的夜生活，傅先生感不感興趣啊？」

傅華聽到這裏，明白黃易明為什麼要跟他合作了，黃易明感興趣的不是他，而是他身後劉康所代表的那股勢力。要在北京做夜總會這一行，就必須要跟一些灰色勢力打交道，劉康代表的就是這樣的灰色勢力。如果黃易明能將傅華拉來合作，那在這方面黃易明就可以減少很多的麻煩。

這大概是呂鑫告訴黃易明的，因為傅華曾經動用過劉康的力量對付過呂鑫的朋友。

傅華客氣地說：「謝謝黃董這麼看得起我，不過您也知道，我勉強算是個公務員，身分上不適合參與到夜總會的生意中。」

黃易明說：「傅先生先不要急著拒絕我，我的條件還沒說完呢。我知道你的身分不適合參與這一行，所以可以採取暗股的形式。同時為了表達我的誠意，我願意送你百分之五的乾股。當然，如果你願意投資，多擁有一些股份，我更是無上歡迎的。」

黃易明這個條件好的令人難以拒絕，但是傅華知道他非拒絕不可。一來他沒什麼意願，他不想參與撈偏門的生意；二來，劉康現在已經是退休狀態，很少參與道上的事，而且劉康明確的說過，不想跟這些香港來的過江龍有太多的交集。

傅華婉轉地拒絕說：「黃董，您實在太抬愛在下了，我很想接受您的條件，不過我知道您這個條件並不是開給我的，而是開給我某位朋友，可是那位朋友現在已經是退隱狀態，懶理世事，恐怕也幫不上您什麼忙，所以我只好跟您說聲抱歉了。」

黃易明眼中閃過了一抹厲色，他對開出這麼好的條件還被傅華拒絕，心中便有些惱怒。

這個眼神剛好被傅華捕捉到，立時有不寒而慄的感覺，心中越發堅定要拒絕黃易明的念頭。他很明白這種梟雄式的人物絕對不是好惹的，如果此刻意志不堅上了黃易明的船，恐怕就沒有下船的可能了。

這時馮葵卻說：「傅華，其實你不一定非要依靠你的朋友，你自己也可以跟黃董合作啊。」

傅華轉頭看了一眼馮葵，對馮葵在這時候幫黃易明說話有些不滿，他已經將自己的意思表達得很清楚了，難道馮葵聽不懂嗎?!

他面色惱怒的看向馮葵，馮葵感覺到傅華的不滿，臉上的笑容就有點乾澀，不敢再說什麼。

桌上的氣氛就有些尷尬，黃易明也是場面上的人，看到連馮葵也不敢勸說傅華，也不想自討沒趣。就說：「算了，傅先生既然沒這個意願那就算了。誒，彤彤小姐，你別光悶坐在那裏啊。說起來你能得到跟尹章合作的機會，還要感謝小葵和傅先生，你還不趕緊向他們倆敬酒表示感謝？」

許彤彤從酒宴開始就靜靜地坐在那裏，只是偶爾在眼神跟其他人碰到的時候才微微的一笑，她知道自己離黃易明馮葵這些人遠得很，他們談的話題她也插不進嘴去，所以還不如明智的什麼都不說。

此刻黃易明突然提到她，還是用責備的口氣，許彤彤就有些緊張，手微微抖了一下，趕忙端起自己面前的酒杯，對著馮葵和傅華說：「傅姐……」

她本來想喊葵姐、傅先生的，卻一慌張把馮葵喊成了傅姐。喊完後，許彤彤馬上意識到出糗了，臉騰地一下紅起來，越發的手足無措起來。

傅華趕忙打圓場說：「彤彤小姐，一杯酒而已，慢慢來，不用這麼慌張。來，我們陪你一起喝就是了。」

有傅華這麼一緩衝，許彤彤才鎮靜下來，端著酒杯向傅華、馮葵笑了笑說：「葵姐，傅先生，這杯酒我敬你們，感謝你們對我的關照。」

馮葵也親切地說：「彤彤，不用這麼客氣，我們沒有關照你什麼。在這一行要發展得好，還是要靠你自己的努力的。」

許彤彤用力地點點頭說：「我明白的葵姐，我會努力的。」

三人就碰了一下杯，各自喝了一口酒。

吃了幾口菜之後，傅華端起酒杯，對黃易明說：「黃董，這杯我敬您，感謝您那天親自出面幫我掙了面子。」

黃易明別有意味地說：「傅先生真是太客氣了，其實那天我就是不出面，估計傅先生也是有能力把面子給找回來的。」

傅華心說我就算是敢去惹尹章，恐怕也要費上不少的周折，哪像你這麼立竿見影啊。他笑笑說：「哪裏，哪裏，來，黃董，我們喝酒。」

兩人各自喝了一口酒。漸漸地，桌上的氣氛就活躍了起來。酒宴就在閒聊中很輕鬆的進行著，許彤彤喝了一點酒之後，也不再那麼緊張了，不時穿插著去敬黃易明、馮葵、傅華三人的酒。

酒宴結束，傅華和馮葵先送黃易明和許彤彤離開。黃易明還是彬彬有禮的給許彤彤開車門，等許彤彤坐好之後再幫許彤彤關上車門，然後才上車離開。

馮葵在一旁邊笑著說：「別看了，你的小情人已經走了。」

傅華對馮葵今天幫黃易明說話，心中還有怨氣，便不跟馮葵說話，轉身走向自己的車子。

馮葵就有些不高興了，追著傅華說：「傅華，你什麼意思啊，對你的小情人就呵護備至，對我就橫眉冷對的。」

傅華冷冷的看了馮葵一眼，說：「是我要問你什麼意思才對，你想幹什麼啊，我都那麼明確的拒絕黃易明了，你難道聽不懂嗎？」

馮葵說：「我聽懂了，不過我覺得這對你來說也是一個機會，就這麼拒絕太可惜了。黃易明經營上很有一套，你跟他合作，不會吃虧的。」

傅華納悶地說：「對我來說是個機會？小葵，你這是什麼意思啊？」

馮葵解釋說：「什麼意思你還不明白嗎？你一個大男人，總得有點自己的事業吧，你沒事業就會處處受制於人，你們市裏動不動就會用那個小小的駐京辦主任職務拿捏你，老大也不拿你當回事，你在海川出事了她也不聞不問的。」

「事業？」傅華反駁說：「跟著黃易明做夜店也算是事業？」

「夜店怎麼了？夜店就不算事業了嗎？」馮葵嚷道：「你不要用有色眼光去看夜店，這可是國家允許存在的，這也沒什麼好忌諱的，我當初不也開過會所嗎？」

「那是你！你是馮家的大小姐，有馮家護著你，你做什麼都沒問題。我行嗎？我不過是個小小的駐京辦主任。」

傅華說到這裏，忽然想到了什麼，看著馮葵說：「小葵，你別扯什麼事業不事業的了，說實話吧，你是不是覺得我的身分不配跟你和黃易明這種大人物站在一起啊？」

馮葵惱火的說：「傅華，你怎麼能這麼說？」

「我不用你替我操這種心！」傅華叫道：「我一開始就告訴你了，我不想被你操控，更不想要你所謂的事業。」

說話間，傅華到了他的車子旁，他坐上車，然後搖下車窗，對馮葵說：「你如果想要做你的老大，去找胡東強、徐琛他們好了，別來找我，我不吃你這一套。」

馮葵這時被傅華給惹毛了，她一向強勢，什麼時候被人這麼毫不留情面的訓斥過！因為喜歡傅華，所以對傅華一再的忍讓，但是忍讓也是有個限度，馮葵就衝著傅華嚷道：「傅華，你混蛋，你不吃我這一套是嗎，行啊，以後不要再來找我了。」

馮葵這是擺明了要跟傅華分手，這讓傅華一下子愣住了，他只是不滿馮葵干涉他的事，卻沒有要跟馮葵鬧到翻臉的程度。但是馮葵不但不跟他認錯，還跟他翻臉，這讓傅華越發的生氣，一時怒不可遏地叫道：「不找就不找！」說著，就自顧發動車子，油門一踩走了。

這下換成馮葵一陣錯愕，她沒想到傅華如此絕情，說走就走，也惱火起來，趁傅華的車子剛發動還沒走遠，追上去朝車屁股踹了一腳，罵道：「你這個無情無義的王八蛋，滾吧你！」

傅華搖了搖頭，開著車子離開了潮皇食府。

車子開出去好一會兒，傅華慢慢的冷靜下來，想到馮葵對他的好，以及馮葵跟他在一起時的那些激情，就開始有些後悔了，覺得自己今天對馮葵有點過分。可是雖然心中後悔，但傅華並沒有折回去找馮葵，他不想去跟馮葵低這個頭。

傅華腦海裏再次響起馮葵剛才說到駐京辦主任的不屑口吻，說他被人隨意拿捏，被鄭莉不當回事，越發的明白不管他怎樣的努力，這種身分門第上的差距都永遠存在，不是他想抹平就能抹平的。

這一瞬間，傅華的心理由自卑轉成了自傲，越發的不想回去低頭求和，他猛力一踩油門，加速的離開了。

這邊的馮葵看著傅華的車子遠去，心裏頓時悵然若失。

她掏出手機，想要打電話給傅華道歉，但是馬上她又停下了撥號的動作。心說：就這麼向他認輸的話，今後這傢伙還不知道怎麼騎到我頭上呢。不行，我不能低這個頭。我就不信他會捨得不來找我。

想到這裏，馮葵就把手機收了起來。

馮葵開著車往回走，車子走出去不遠，馮葵又猶豫了起來，她很瞭解傅華倔強的個性，擔心傅華這一去，很可能真的再也不會回頭了。

馮葵忍不住又拿出手機，再次想要撥給傅華，卻又停了下來，心裡苦笑說：「馮葵，你這麼患得患失的算是怎麼一回事啊，去他的，我就不信離開他地球就不轉了，這個混蛋不在乎我，可有的是男人在乎我。」

馮葵就把手機扔到一邊，賭氣地放棄了給傅華打電話的念頭，決定先冷落傅華一段時間再說。

傅華到家時，鄭莉還沒休息，看到傅華回來，滿面紅光的迎了過來，幫傅華把提包接了過去，還遞拖鞋給傅華。

這種待遇傅華好久都沒有享受到了，這讓傅華一肚子的悶氣受到了不少安慰，家裏起碼還有鄭莉是關心他的。

傅華問：「傅瑾睡了嗎？」

鄭莉笑笑說：「這麼晚了，兒子早就睡了。」

「那你怎麼還沒睡啊，有什麼事嗎？」傅華奇怪地問道。

鄭莉興奮地說：「老公，你看。」

傅華被鄭莉拖到客廳，看到茶几上擺著一枚金牌和一份證書，傅華訝異地說：「你什麼作品得獎了？」

鄭莉白了傅華一眼，有點不高興地說：「成天就知道出去應酬，對我的事一點都不關心，你忘啦，我上次跟你說過的，我被邀請參加中國國際時裝設計大賽啊。」

傅華記得鄭莉跟他說過這件事，他還看過鄭莉畫的設計草圖。不過他最近因為專注於跟睢心雄的爭鬥，神經高度緊張，就把這件事給忘了。

傅華就拍了一下腦袋，說：「對，是有這麼件事，怎麼，你得獎了？」

鄭莉興奮的點頭說：「是啊，我得到金獎。」

傅華讚許說：「小莉，你真是越來越厲害了，恭喜你啊。」

這時，傅華忍不住打了個哈欠，因為喝了酒，情緒又不好，現在只感覺又累又睏，就有些控制不住自己。

鄭莉看傅華哈欠連連，臉上的興奮表情就沒有了，不滿的說：「本來我是想告訴你，讓你跟我一起高興的，但是看你的樣子，根本對我的事漠不關心，早知道這樣我就不等你回來了，浪費我的表情。」

傅華知道自己失態了，歉意的說：「小莉，我不是不替你高興，而是我今天忙了一天，真是有點累了。明天我們找個地方好好慶祝一下。」

鄭莉沒好氣地說：「不必了，別演戲給我看了，你又不是真的關心我。我就知道你不想看到我在時裝設計上取得成就，巴不得我什麼獎也拿不到，老老實實的回到家裏做你老婆。」

傅華大感冤枉說：「小莉，你這話就說得蠻不講理了，我跟你說了，我不是不替你高興，而是真的有些累了。」

「你才蠻不講理呢，」鄭莉不滿地說：「難道你沒有勸我減少工作，回歸家庭嗎？」

傅華頭有點大了，今天真是出門沒看黃曆，跟馮葵鬧翻了不說，回家鄭莉還這麼胡攪蠻纏的，他不耐煩地說：「好了，好了，你嚷得我頭都大了，我們不要吵了，有什麼話留到明天再說，行嗎？」

鄭莉氣呼呼地說：「你以為我願意跟你吵啊？」說著，就不理會傅華，逕自走進了臥室。

傅華想要跟進去，卻被鄭莉攔了下來，阻止說：「去睡客房去，一身酒味，別熏著兒子。」

傅華怕吵到兒子的美夢。只好壓下心中的不滿，說：「行，我睡客房去。」

傅華就去了客房，他這一天遇到的事情太多，又是黎式申被謀殺，又是黃易明邀他合作，又是馮葵跟他翻臉，又是鄭莉嫌他不夠關心她，折騰的他是又累又乏，躺下來就很快就睡了過去。

睡夢中，傅華做了一個噩夢，在夢中，一個被壓扁、渾身是血的黎式申抓住他的身體猛烈的搖晃著，嘴裏還嚷著：「姓傅的，都是你害我的，都是你害我的，你賠我的命來！」

傅華一下子被嚇醒了，一摸額頭，一頭的冷汗。

雖然他跟黎式申之間發生的事情，很大一部分是因為他被黎式申逼迫無奈想出來的脫身之策，但是黎式申最終卻因為這些被睢心雄謀害，傅華心裏不能說一點愧疚感也沒有。

醒了之後，傅華就再也睡不著了，看看時間是凌晨四點，他拿出手機，翻看了一下通信記錄和短訊。

他很渴望能夠看到馮葵打來的電話，或者是她發來向他賠不是的短訊。但是翻了個遍，從離開潮皇食府到現在，根本就沒有任何一通馮葵的電話或者短訊，傅華苦笑了一下，看來馮葵依然是高姿態，不會向他低頭的。

這段時間馮葵給了他很多美好的記憶，如果就這麼斷了，心中難免不捨，有心想發個短訊給馮葵，和緩一下兩人僵持不下的局面，但是想想傅華還是放棄了。

也許該是他結束這段不倫之戀的時候了，從一開始傅華就意識到馮葵帶給他的感受太過於美好，而美好的事物從來都是不能夠持久的，人不能太貪心，也許就此跟馮葵畫上句號，還能擁有一份美好的記憶。

吃早餐的時候，傅華陪著笑臉問鄭莉說：「小莉，今晚我們找個地方慶祝一下吧，你想去哪裏？」

鄭莉白了傅華一眼，說：「不用了，我今晚沒空。」

傅華耐著性子說：「你不要這樣嘛，我都跟你解釋了，我昨晚真的是太累，不是不替你高興。」

鄭莉冷言說：「我晚上有應酬，一些同行約了要給我慶祝的。」

傅華有點熱臉貼上了冷屁股的感覺，只好訕訕地說：「那隨便你了。」

兩人就都不說話了，餐桌上陷入了冷場。

傅華迅速吃完早餐，逃也似的離開家，去了駐京辦。

正鬱悶時，桌上的電話響了起來，顯示的號碼是胡俊森，他就接了電話。

胡俊森開口就大發牢騷，道：「傅主任，真是悶死我了。」

傅華笑了起來，沒想到他心情鬱悶，胡俊森也跟他一樣。

胡俊森不禁抱怨說：「傅主任，你怎麼一點同情心都沒有啊，我說我悶死了你還笑，你不覺得你這樣太差勁了嗎？」

傅華苦笑著解釋說：「不是的，胡副市長，我不是笑話你，而是我今天心情也很鬱悶，聽到你這麼一說，感覺很巧，我們真是同病相憐啊，所以才忍不住笑了。」

胡俊森大感訝異地說：「這麼巧？我本來打電話是想跟你訴苦的，沒想到你也心情鬱悶啊。說吧，你為什麼心情鬱悶啊？」

傅華自然無法說他是情人和老婆同時都對他不滿才會這麼鬱悶的，便說：「唉，我跟老婆吵了一架，老婆嫌我不夠關心她，現在對我擺出一副冷面孔呢。」

胡俊森笑了起來，說：「夫妻吵嘴那不是很正常嗎？我跟我老婆也經常拌嘴，要是都像你這麼鬱悶，那我不早就鬱悶死了。」

傅華說：「這倒也是啊，誒，胡副市長，那您是鬱悶什麼啊？」

胡俊森大吐苦水說：「剛剛在市政府常務會議上，姚市長調整了市長們的分工，我原來分管的工業這一塊又交給何飛軍副市長負責了。哪有姚市長這麼做領導的，何飛軍一自殺他就讓步，那以後誰都能以自殺要脅他了！」

傅華一聽就明白是怎麼一回事了，何飛軍一時激憤在孫守義辦公室鬧自殺，顧明麗還為了這件事大鬧海川市市委，說是孫守義挾嫌報復何飛軍，姚巍山則是助紂為虐，鬧得孫守義和姚巍山兩個人狼狽不堪。

說起來何飛軍和顧明麗兩口子也算是孫守義的魔星了，孫守義那麼精明的人，可是對這兩人就是毫無辦法，一再地在他們手裏吃癟。

傅華只好勸慰說：「胡副市長，您應該諒解姚市長，要不然他能怎麼辦啊。」

胡俊森不滿地說：「那也不能這麼毫無原則的遷就何飛軍啊？」

傅華問：「胡副市長，姚市長不會讓您把新區這一塊也交出去了吧？」

「那倒沒有，」胡俊森說：「我不是看不起何飛軍，不過新區這一塊就算是我肯交，何飛軍也不敢接啊。」

傅華笑笑說：「他肯定不敢的，現在新區也就您還能玩得轉，換了別人誰都玩不轉的。既然新區還在您手裏，我覺得您就沒什麼好抱怨的了。」

胡俊森嘆說：「傅主任，我不是要爭自己的權力大小，而是新區發展需要很多工業方面的支持，現在工業這塊被何飛軍拿走了，再去協調配合，就有些不那麼方便了。」

傅華說：「胡副市長，您也無需太擔心，我覺得何副市長分管工業很可能只是暫時的，是形勢所迫，我相信姚市長和孫書記應該都不會讓這種狀態持續太長時間的。」

胡俊森無奈地說：「希望了。唉，自從我搞這個新區之後，就沒有個順利的時候，真是一波三折啊。」

胡俊森對海川新區付出了很多心血，在這種沒政策又沒經費的前提下，完全是靠胡俊森硬撐才搞出現在這個局面的。傅華很佩服胡俊森的毅力，便為他打氣說：「新區要從無到有，開始的時候是最難的，不過在您的努力下，現在已經有了很大的起色，繼續努力吧，胡副市長，我相信海川新區一定會在您的手裏崛起的。」

胡俊森埋怨說：「你啊，就會說這種惠而不實的好話，這種奉承話我不想聽，我想聽的是你幫新區找來了多少開發商。你在北京多給我使點力，多幫新區招攬開發商才是正經。」

傅華趕忙否認說：「胡副市長，您這話說的可有點不對，您當我在北京沒幫您做推廣工作嗎？我一直在幫您做這項工作呢，也有客商對此很感興趣，想過去看看的，只是目前還沒成行罷了。」

胡俊森笑說：「別光說好聽的，我要見到客商才會相信你真的幫我做了這項工作。好啦，有人來彙報了，我不跟你囉嗦了，記得啊，趕緊幫我找客商來。」

胡俊森就掛了電話，跟胡俊森閒聊了這麼幾句，傅華心情好了許多，便專心投入到工作當中去。

第四章

有苦難言

看到這裏，傅華心裏直罵娘，
傅華感覺發這個帖子的傢伙用心很惡毒，
經過這個帖子這麼一說，倒好像是他包庇何飛軍一樣。
更讓他有苦難言，其實真正包庇何飛軍的是孫守義和金達，
但是他卻無法公開的講出來。

臨近中午，胡東強來到傅華的辦公室，進門就開玩笑說：「傅哥，我現在發現你很壞啊。當初我以為你跟我爸說讓我負責華東區域灌裝廠的籌建是為了我好呢，現在才發現你根本就是想折騰我，你看我現在這個樣子，哪還有一個京城胡少的模樣啊？」

傅華看了胡東強一眼，確實是，原本白淨秀氣的胡東強，現在皮膚變得黝黑，看上去也比以前瘦了不少，不過倒顯得精神了很多。

最近胡東強一直在海川督促天策集團華東區域灌裝廠的籌建工作，看樣子他真是對這份工作下了不少的心血。

傅華笑說：「你才知道啊，你以為我是讓你繼續去過大少爺的生活啊？我是讓你去體會一下胡叔他們創業的艱難。看你這個樣子，應該在海川做得不錯啊。」

胡東強點了點頭，說：「是啊，傅哥，以前覺得很多事似乎是很容易的，現在才明白不實際接觸，根本就不知道做成一件事情的艱難，只要稍一不慎，就不知道什麼環節會出紕漏。」

傅華覺得胡東強真是成長了很多，就說：「東強，胡叔現在對你應該很滿意了吧？」

「那當然！」胡東強自得的說：「事情我都做得好好的，他還能不滿意嗎?!雖然他從來沒當面表揚過我，不過有幾次在我媽面前說起我的時候，都是笑容滿面的。」

傅華聽了笑說：「胡叔一定很為現在的你感到自豪。誒，你對海川的生活還能適應嗎？」

胡東強說：「我是能適應，不過我帶去的女朋友就適應不了了，我成天待在工地風吹日曬的，她待了幾天，就跑回北京了。」

傅華不禁笑說：「沒個女人在身邊，那不苦了你胡少了嗎？」

胡東強笑說：「也沒什麼，這女人走了我倒清閒許多，成天在工地上跑累得要死，晚上回去一躺下就睡著了。跟你說傅哥，這些天我居然都沒去夜店玩，你相信嗎？」

傅華點頭說：「我相信，當初我就是覺得你做起事來有一股蠻勁，才在胡叔面前幫你說話的。誒，這次回來幹嘛，不會是想再找一位女朋友過去陪你吧？」

「當然不是啦，」胡東強嘆說：「女人帶去也沒用，我又沒時間陪她玩，過沒幾天她還是要跑回北京的。我這次回來主要是項目在東海省遇到了點麻煩，想找人疏通一下關係，順便回來放鬆一下。」

傅華趕忙問道：「不會是國土部門找你們的麻煩吧？」

胡東強搖頭說：「土地方面的事都是海川市解決的，這次是環保的事，因為環評報告出了點小問題，東海省環保廳就抓住了不放，非讓我們停工不可。」

傅華鬆了口氣說：「我還以為是關偉傳讓下面的人故意為難你呢。」

胡東強說：「不是，關叔的事我聽我父親說了，我真沒想到他會這麼做，真是人心隔肚皮啊，我爺爺當初對他那麼好，今天他卻翻臉不認人，真是忘恩負義。那個睢心雄值得他這麼做嗎？誒，傅哥，說到這裏，我還要謝謝你啊。」

傅華愣了一下，說：「你要謝我什麼啊？」

胡東強笑說：「謝謝你破壞了高芸和睢才燾啊，雖然我跟高芸分手了，但我可不願意看到高芸落到睢才燾手裏，睢家父子都是很陰險的人，高芸如果真的跟睢才燾在一起，她可就倒楣了。」

傅華聽了說：「看來你還是很在意高芸嘛，既然你們倆現在都是單身，要不要我幫你再約她一下啊？正好我也想給你接接風，就把高芸也約出來一

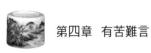

起吃個飯吧。」

「千萬不要，」胡東強趕忙拒絕了，說：「我知道傅哥你是好心，但是我這人在女人方面喜歡那種單純的感覺，高芸跟我曾經鬧了那麼一齣，我心裏總有些疙瘩，這輩子我們大概再也不會有那種關係了。」

高芸悔婚這件事讓胡東強產生了心結，傅華本來覺得現在的胡東強成熟了不少，高芸說不定會對他有所改觀；胡東強又始終對高芸有著一份牽掛，如果能讓他們復合，未嘗不是一件美事。但看胡東強這個樣子，他這個主意肯定是行不通啦。

傅華就說：「既然你沒這個意願，那就算了。說吧，中午想吃什麼，我請客替你接風。」

胡東強說：「也沒什麼特別想吃的，就是很想跟兄弟們聚一下，尤其想念葵姐和琛哥，很懷念那時在葵姐的會所裏，兄弟們湊在一起時的歡樂。」

傅華聽到胡東強提到馮葵，心裏痛了一下，從昨晚到現在，十幾個小時過去了，馮葵卻一個電話都沒打過來，看來這次馮葵是鐵了心要跟他分手了，傅華一想到這兒，心裏就悵然若失。

傅華強笑說：「這我可沒辦法達成你的願望，葵姐那個會所已經結束營業了。」

胡東強說：「這我知道，所以才特別的想念。也不知道葵姐現在在做什麼？要不我約葵姐、琛哥他們出來，大家找個地方一起樂呵樂呵好了。」

傅華心想這時候我可不想見到馮葵，便推拒說：「我也很想跟琛哥他們聚一聚的，只是我下午還有工作，時間上有點來不及，還是我們就在附近找個地方隨便吃點就好了。」

兩人就在附近找了家飯店，點了幾個招牌菜，傅華先給胡東強倒上酒，說：「東強，這杯歡迎你回北京。」

胡東強跟傅華碰了碰杯，感慨說：「回到北京，我才記起往昔的美好日子啊。」

兩人將杯中酒喝了，傅華再次給胡東強把酒倒上，這時胡東強的手機響了起來，傅華開玩笑說：「不知道是哪個情人知道你回北京了，馬上就找上門來啦。」

胡東強苦著臉告饒說：「傅哥，你別糗我了，我回北京來還沒跟那些女人聯繫呢。」

胡東強說著，看了一下號碼，臉色沉了下來，說：「是關偉傳打來的。昨天晚上他給我爸打電話，說是有些話想跟我爸解釋一下，結果被我爸拒絕了。」

胡東強正在猶豫著接還是不接這個電話。手機不停的響著，終於還是按下了接聽鍵。

「關叔啊，您打電話給我有什麼事啊？」胡東強問。

關偉傳語帶懇求地拜託說：「東強啊，這次你可要幫幫你關叔啊，因為天策集團那塊地的事，你父親對我有很大的意見，我很想當面跟他解釋一下，可是他根本就不見我，你能不能幫我跟你父親說一聲，讓他給我個機會見個面。」

胡東強為難的說：「關叔，你也不是不知道我爸一向不怎麼待見我的，就算是我跟他說了，他也不一定肯見你的。」

關偉傳不放棄地說：「東強，你總是他兒子，你的話他還是會聽的，你就幫幫你關叔吧。你跟他說關叔知道錯了，求他看在過往的情分上，放過我這一次吧。」

胡東強被央求不過，只好說：「好吧，關叔，我把你的話轉告給我爸就是了。」

關偉傳一聽胡東強答應了，像是撈到救命稻草一樣，趕忙說：「謝謝了東強，你儘快跟你爸講，回頭再把你爸是怎麼答覆的跟我講一聲，行嗎？」

胡東強勉為其難地說：「我儘快回你電話就是了。」

關偉傳掛了電話。胡東強就想打電話給胡瑜非，傅華對他搖了搖頭，說：「東強，你別打了，胡叔不會改變他的決定的。」

關偉傳跟胡瑜非現在並不是什麼意氣之爭，而是不同派系路線之間的博奕，互相的較量是此消彼長的。也就是說，胡瑜非如果放過關偉傳的話，就會輸掉這場競爭最核心位置的博奕。那樣胡瑜非可能也會輸掉天策集團和胡家所擁有的一切，光這一點，就決定了胡瑜非肯定是不會放過關偉傳的。

胡東強苦笑了一下，說：「我也知道我爸很難改變主意，但是關叔一直對我都挺好的，我總覺得於心不忍。我也不是想勸我爸什麼，就是把關叔的話轉告他而已。」

胡東強這麼說，傅華就不好再說什麼了。胡東強就撥電話給胡瑜非，將關偉傳的話說了一遍。

胡瑜非不置可否地說：「行，我知道了。」

胡東強追問說：「爸，那我要怎麼跟關叔回話？」

胡瑜非交代說：「簡單，你就原話告訴他，就說我說知道了就行了。」

這話就跟沒說一樣，胡東強神色黯淡下來，明白胡瑜非這麼說擺明是不想放過關偉傳了。

胡東強沉吟了一下，回撥給關偉傳。

關偉傳急促的問道：「你爸怎麼說的？」

胡東強回說：「我爸說他知道了。」

「知道了？」關偉傳疑惑的說：「你爸就沒再說別的話了嗎？」

胡東強說：「沒有了。」

關偉傳呆怔了半晌，然後長長的嘆了口氣，沒再說什麼，就掛了電話。

傅華覺得關偉傳有點搞不清狀況，他早就應該明白，他跟胡家的情分在他對天策集團下手的時候就已經沒了。現在他在打了胡瑜非一記耳光之後，又反過頭來央求胡瑜非放過他，這不是自找沒趣是什麼呢？

胡東強情緒明顯受到這件事的影響，變得低落了起來，因此這頓飯沒吃多久就草草結束了。

傅華回到辦公室，思考起目前的形勢來。

胡瑜非選擇對關偉傳下手，那接下來關於睢心雄和楊志欣之間誰贏誰輸，就多了一個觀察點。就看關偉傳這個國土部長能不能平安的做下去，如果不能，就說明胡瑜非和楊志欣的勢力占了上風，算是贏了一局；反之，雎心雄就是勝過胡瑜非和楊志欣了。

這場戰局最終的勝負就落在黎式申身上，如果楊志欣無法從黎式申那裏挖掘出雎心雄的罪證，就無法給雎心雄致命一擊，雎心雄就很可能裹挾民意為本錢，帶著這些年來作秀出來的光明形象，成為最後的贏家。

現在看來雎心雄暫時占了上風，因為他在黎式申被謀殺的第一時間，就全面掌控了黎式申遺留下來的物品，雎心雄真的會這麼幸運嗎？黎式申說有辦法反制雎心雄，究竟是什麼辦法呢？

傅華正在琢磨黎式申究竟留下什麼的時候，桌上的電話響了起來，看了看號碼，竟然是轄區派出所的劉所長。

傅華愣了一下，自從發生過黎式申用槍頂著他腦袋的事情之後，他對警察心中就有一份恐懼感，這個劉所長突然找他幹什麼啊？不會是又有嘉江省的員警找上門來了吧？

傅華猶豫著接通了電話，小心地說：「劉所長，您突然打電話來是幹嘛啊？不會是我犯了什麼事吧？」

劉所長笑笑說：「傅主任真會開玩笑，您一向遵紀守法的，會犯什麼事啊？」

傅華鬆了口氣，說：「不是就好，那您找我有什麼事啊？」

劉所長說：「是有件事想跟您落實一下，您還記得那天洛天酒店罰款的事嗎？」

傅華當然記得，那是幾個月前何飛軍剛來黨校學習的時候，喝多了，跑到海川大廈旁的洛天酒店嫖妓，結果正好趕上員警臨檢，何飛軍被抓了個正著。為了不讓海川出醜，傅華出面拜託劉所長，於是劉所長只罰了何飛軍三千塊，沒讓何飛軍去派出所做筆錄。

傅華說：「我記得啊，怎麼了，劉所長，不會是你們又想重新處理這件事吧？」

劉所長忙否認說：「怎麼會，您也清楚那次的事是私下處理的，罰款的錢所裏並沒有上交，而是留作所裏的經費，我如果重新處理，那不是給自己找麻煩嗎？」

傅華納悶地問：「那您是什麼意思啊？」

劉所長解釋說：「是這幾天突然有人通過關係在查這件事，所以我想問一下，是不是有什麼人想通過這件事情搞事啊？」

劉所長的話把傅華給問愣了，不由得在心中困惑地想會是誰呢？

一時間，傅華想不出會是誰突然又要查這件幾個月前發生的事情，就說：「這件事我不知道，我也沒聽說有誰在追查這件事啊。」

「不是您這邊的人？」劉所長不解地說：「那就怪了，會是誰呢？誰會對這件事這麼感興趣呢？」

傅華說：「我也覺得很奇怪。」

劉所長交代說：「傅主任，是不是您那邊的人在查這件事，我們先不討論，但是我想要拜託您，您也知道，我當時的做法並不合規定，如果這件事情查出來，我首先就要受處分。所以拜託您，如果有人查到您那兒，您就說沒這回事，行嗎？」

傅華猜到那三千塊罰款很可能是被當時的員警們裝進了自己的荷包，這種不做筆錄、罰款不上交的行為自然是不符合規定的；但對雙方來說，是一種兩利的行為，既保全了何飛軍的名譽，那幾位員警又得到三千塊的實惠。於是傅華趕忙保證說：「您放心好了，我絕對不會做那種求人幫忙，反過頭來再去害人的缺德事的。」

劉所長笑說：「我就知道傅主任很夠朋友，好了，我就不打攪您工作了。」

劉所長掛了電話，傅華不禁納悶著究竟是誰突然要追查這件事，當時知情的人並不多，除了他和何飛軍之外，就是孫守義，孫守義頂多再彙報給當時的市委書記金達。算算也就是他們四個人知道這件事而已。

這四個人中，首先他是從沒洩露過這件事的；何飛軍更不會自曝其醜。金達中風還躺在醫院治療呢，那剩下來唯一的可能就是孫守義了。

可是當初也是孫守義壓下來沒向公眾曝光的，這時候孫守義再來查這件事，對他也沒什麼好處啊？他幫忙掩蓋何飛軍的錯誤，自己也得負包庇的責任。

可是如果不是孫守義，又會是誰呢？難道是何飛軍自己不小心洩露給顧明麗，顧明麗才來調查這件事？這也有些說不通，就算是顧明麗知道了，她也沒有這個能力去找北京警方調查的。

對了，誰有能力找到北京警方調查，誰的嫌疑就最大。目前幾個關係人中，最有這個能力的人就是孫守義，該不會是何飛軍這回鬧自殺激怒了孫守義，讓孫守義不惜自己受牽連，也要把何飛軍給整倒？

以孫守義的個性倒是很可能會幹出這種事情來。如果真是孫守義在查這件事，那說明孫守義肯定是恨死何飛軍和顧明麗這對無賴夫妻了。

不過當時什麼筆錄也沒留，孫守義就算想要這麼做，估計也找不到什麼證據，要不然還真是可以看一場何飛軍和孫守義互鬥的好戲。

當晚傅華沒有什麼應酬，早早的回到家，鄭莉果然去跟同行慶祝去了，傅華哄著傅瑾吃完飯，就坐在電視機前看新聞轉播。

看新聞轉播是很多官員和商人每日必做的功課，因為裏面包含著很多政治動向。比方說哪個重要官員晉升了，新聞中就會報導這個官員主政地區的政績；反之，如果這個官員要倒楣了，新聞當中就會出現對該官員做法的批評報導。

如果很長一段時間某某官員都沒在新聞中露面，就會有多心的人猜測這個官員是不是出事被雙規了。外媒也會發出一些揣測性的報導。不知道是巧合還是外媒有準確的消息管道，常常這種報導的準確率都很高。

所以有些官員不時就會想辦法找點事出來，好讓新聞媒體報導一下，賺個出鏡率，這是告訴人們我沒事，還在臺上正紅呢。

當晚的新聞並沒有什麼特別的，反而有兩條新聞是他很不樂於看到的。一條報導是說某大型國企要在嘉江省投資百億，支持嘉江省的建設。該國企的董事長和睢心雄還一起出席了項目的簽字儀式。

畫面中的睢心雄滿面紅光，志得意滿，他向該國企的董事長表示了感謝，並致詞說嘉江省能取得這個舉世矚目的成就，離不開國家對嘉江省的支持等等諂媚的話。

這個報導對睢心雄頗有加分的作用，大型國企的投資往往都帶有高層的意願，現在這家大型國企在嘉江省投資，也代表了高層對睢心雄的支持。

這個報導時長三分鐘，超過了同類報導通常的時間，其中有將近兩分鐘都是睢心雄的特寫和講話，這也是那些往往一晃而過的同類報導所難以比擬的。

另一條報導則是關偉傳出來了。是關於嘉江省土地使用制度改革試點的報導，內容講的是嘉江省在試驗新的農地的使用方式改革，記者就採訪了關偉傳。關偉傳在採訪中高度肯定嘉江省的做法，稱讚嘉江省的領導同志很有戰略眼光，這項改革創新而且切中時弊，國土部對此很支持，更將會總結嘉江省的經驗在全國推廣。

報導中的關偉傳從容不迫，侃侃而談，一點都沒有要出事的樣子。這兩篇報導看得傅華心直往下沉，這個趨勢果真如曉菲所說的，睢心雄的形勢越來越好了。

傅華大嘆胡瑜非的行動太沒有力量了，怎麼搞了半天，根本就沒傷到關偉傳的筋骨。另一方面，胡瑜非對黎式申的揭發似乎也進行的太遲緩了，就算不能讓睢心雄一敗塗地，起碼也該打擊到嘉江省目前這種如日中天的氣勢才行啊。再這樣子下去的話，睢心雄的氣勢只會越來越旺，到那時想要阻止都很難了。

按說胡瑜非不會就此罷手的，難道他和楊志欣受到某種打壓阻擊？如果是這樣，那情形可真是有些不妙了。

接下來幾天十分安靜，沒有什麼新的關於嘉江省的大新聞出來，關偉傳也沒再在新聞裏露面。倒是楊志欣在新聞中出現了幾十秒，是一個關於豐湖省委積極聽取各界人士批評的簡訊。

不過這篇報導對楊志欣的加分作用不大，時間也很短，楊志欣的特寫鏡頭一晃而過，可以說基本上不會給人留下什麼印象，跟那天關於睢心雄的三分鐘報導根本無法同日而語。

這幾天傅華也沒有接到過馮葵的電話或者短訊，他也從最初的難受不捨，慢慢適應平復了。有人說時間是最好的療傷聖藥，傅華相信時間會讓他淡忘跟馮葵這段感情的。

放下馮葵的同時，傅華也將睢心雄和楊志欣的互鬥給放下了，畢竟他還有很多事情要處理，比如說幫胡俊森做海川新區的推廣工作，聯繫可能會對新區感興趣的客商等等。

忙碌讓傅華沒有心思去多想什麼，無論睢心雄最終能不能得勢，他也不再看得那麼重要了。

只是傅華沒想到的是，打破他寧靜生活的事情卻不是楊志欣或睢心雄、關偉傳這些人，而是他本來覺得應該出不了什麼大問題的何飛軍。

有人不知道從什麼管道找到了一張何飛軍當時被抓的照片，照片上的何飛軍光著上半身，只穿一條短褲，旁邊是一個衣著暴露的女人，兩個人都狼狽地蹲在地上。

這張照片顯然是警察抓到兩人時拍下來的，不知道什麼原因遺漏了沒被銷毀。照片上的何飛軍低著頭，不是很熟悉他的人應該無法從照片上分辨出就是他。

但是這世界上總是有有心人，不僅認出了何飛軍，還將這張照片發上了網，發在一個著名的時事論壇上，標題是《網傳東海省某市副市長在京學習期間嫖妓被抓，求證實》。

這個帖子還對事情發生的經過做了描述，特別提到這位副市長之所以能夠僥倖逃脫懲罰，是因為該市一位在京工作的官員太神通廣大了，在這位副市長出事的第一時間就趕到現場，幫這位副市長繳納了罰款，將這位副市長救了出來。然後又隱瞞事實，沒讓市裏知道這件事，最後不但讓這位副市長逃脫了法治的懲罰，還讓這位副市長逃脫了行政的處分。

看到這裏，傅華心裏直罵娘，這個在京的官員不用說，一定指的就是他了。發這個帖子的人真是太壞了，你去揭發何飛軍就去揭發何飛軍嘛，帶上我幹什麼啊？

傅華感覺發這個帖子的傢伙用心很惡毒，經過這個帖子這麼一說，倒好像是他包庇何飛軍一樣。更讓他有苦難言，其實真正包庇何飛軍的是孫守義和金達，但是他卻無法公開的講出來。

海川，市委書記辦公室。

孫守義坐在辦公室，手裏握著滑鼠正在流覽網頁。電腦螢幕上顯示的正是論壇上那篇新發正熱門的副市長在京學習期間嫖妓被抓的帖子。

孫守義的嘴角浮現出一絲冷酷的詭笑，他在北京的朋友沒讓他失望，這個帖子完全是按照他預想的步驟操作的，放出的照片也恰到好處，既能讓熟悉的人認出是何飛軍，又無法清晰地辨認出那就是何飛軍。

孫守義想要的就是這種效果。

最開始他聽北京的朋友說沒能從北京警方那裏找到能確鑿證明何飛軍嫖妓的證據，只找到一張無法清晰辨認出何飛軍的照片時，心中有些失望，覺得這麼好的一次機會卻無法整到何飛軍，實在是太可惜了。

但轉頭一想，這張照片卻是恰到好處，真要清晰辨認出何飛軍的話，事情反倒不好處理了。那樣子海川市就必須要向省裏做彙報，請示省裏要怎麼處分何飛軍。而要把事件彙報給省裏，就必然會牽涉到他身上。

當初傅華向他報告過這件事，是他和金達商量了決定把這件事情給壓下去的，如果把這個也牽扯出來，他和金達都得承擔包庇的責任。孫守義雖然心中恨極了何飛軍，但還沒有到要把自己也給陷進去的地步。

孫守義覺得這樣雖然不能通過組織去處分何飛軍，卻可以從另一方面教訓何飛軍。這另一方面的教訓就是那個比何飛軍更難纏的顧明麗。

顧明麗以小三身分成功上位之後，便不時擔心何飛軍會像跟她搞婚外情一樣，繼續跟別的女人勾搭，因此顧明麗把何飛軍看得很緊。如果被顧明麗看到這張照片，肯定會認出那個蹲在地上的齷齪男人就是她的老公何飛軍，到時候肯定不會放過何飛軍的。

而顧明麗是記者，孫守義很有把握顧明麗一定會看到這個報導。

至於帖子中隱諱描述「在京工作人員」的文字，倒不是孫守義刻意要去抹黑傅華，而是孫守義不想把事情牽扯到自己身上所做的一個撇清的動作。這是防患於未然，萬一事態發展嚴重，真的被查出來了，孫守義也好把事情推到傅華身上去。

這時，姚巍山走了進來，孫守義趕忙將網頁關掉，他不想讓姚巍山知道這件事是他操縱出來的。

他衝著姚巍山點了點頭，說：「老姚啊，坐。」

姚巍山坐了下來，說：「孫書記，有件事要跟您請示一下。」

孫守義和顏悅色地說：「老姚啊，別說請示這麼嚴重，什麼事我們協商處理就是了。什麼事啊？」

這次何飛軍和顧明麗大鬧市委市政府，孫守義和姚巍山都被搞得十分狼狽，也讓兩人暫時算是成為同一陣營的人，所以孫守義跟姚巍山親近了很多。

姚巍山說：「就是關於灘塗地塊的事，現在修山置業藉口他們被中儲運東海分公司收購，相關部門還在整合當中，不但整個項目處於停工的狀態，土地出讓金也一直沒繳清，很多市民對市政府一直沒對修山置業採取強制措施很有意見，搞得市政府壓力很大。您看這件事該怎麼處理？是不是要採取什麼措施，安撫一下市民的情緒？」

孫守義眉頭皺了起來，姚巍山怎麼提出了這件事！這是什麼意思啊？難道姚巍山是想要針對他嗎？雖然這件事當初是金達操作的，但是他那時是海川的市長，直接責任人是他，他也無法從中脫身。

金達中風時，財政局局長曾來請示過他要怎麼處理這件事，被他以拖字訣暫時給拖了下來。這一拖又是幾個月過去，肯定有不少盯著市政府的有心人對此頗為不滿。

然而孫守義現在沒有心思來處理這件事，這件事內情太複雜，處理起來勢必會牽動很多方面的利益。特別是中儲運東海分公司。這種中字頭的大公司向來不把地級市的官員放在眼中，別到時候降服不了這頭巨獸，反而被這頭巨獸降服，那臉可就丟大了。

孫守義便笑笑說：「老姚，你可能還不太瞭解這裏面的情形，這件事有點棘手，裏面畢竟關係到一家中字頭的公司，我們處理的太過嚴厲了，會引起一些不必要的麻煩的，我覺得還是暫且放一放吧，等海川的情況穩定下來，我們再來處理也不晚，反正對方是大型國企，倒不了也跑不掉的。」

姚巍山也知道這件事很棘手，裏面牽涉到很多複雜的東西。據說跟前任市委書記金達有很大的關係，是金達將修山置業引進海川的，而整件事最撲朔迷離的是其中牽涉到一個神秘的女人。這個女人神通廣大，跟很多北京的高層關係密切，修山置業之所以能以這個項目為基礎，高價賣給中儲運東海分公司，都是出自這個女人的手筆。

詭異的是，正當相關部門要展開對這件事的調查時，這個女人就神秘的消失了，相關調查也因此不了了之。

海川有不少人傳說金達跟這個女人有一腿，甚至說金達和孫守義都跟這個女人有不正當的關係，所以兩人才會那麼幫助這個女人，縱容修山置業該繳的土地出讓金拖欠不繳。

姚巍山對此抱著寧可信其有不可信其無的態度，他不相信孫守義會是一隻不偷腥的貓，他覺得孫守義在這件事情當中一定有問題。

但是，姚巍山之所以會把灘塗地塊這個難題提出來，其實是有他不得已的苦衷。因為姚巍山接到消息說，人大的一些人在串聯想要在灘塗地塊項目上對政府發難，質疑政府對這件事的不作為，要向新一屆的人大會提出議案，迫使海川市政府對修山置業採取嚴厲的處罰措施。

這要是換在別的時候，姚巍山是不會把人大的這些質疑放在心上的，人大頂多就是一枚橡皮圖章，很多時候只是依照規定必須經歷的一道程序而已，並不起什麼實質性的作用。

但是目前人大對姚巍山不僅僅是橡皮圖章，他需要經過人大代表們的選舉，才能摘掉代市長的代字。因此在這個時候，姚巍山需要人大對他的配合，也就不敢冒險得罪人大代表們。

如果人大代表們真的發起了對市政府的質疑議案，那姚巍山就必須要有一個明確的態度。這讓姚巍山還沒開始他的市長選舉，就面臨一個兩難的境地。

支持議案，他就是在跟孫守義對著幹，難說孫守義會不會想辦法在市長選舉上給他製造難堪；但是如果不支持這個議案，姚巍山又會開罪提出議案的代表們，代表們在選舉市長的時不投他的票，那對姚巍山來說也是一個很大的麻煩。

想來想去，姚巍山覺得還是應該把問題端給孫守義來解決才對，最好是孫守義能將議案扼殺在搖籃裏，那樣他就無須要冒著得罪孫守義或者代表們其中一方的危險。

姚巍山便苦著臉說：「可是孫書記，現在已經有很多議論，說我們海川在處理這件事情上太過軟弱了，甚至有人大代表要提出議案，要求市政府儘快處理好灘塗地塊的相關事宜。」

孫守義反問道：「老姚啊，你聽誰說有這個議案的？」

姚巍山說：「為了準備市長選舉，我跟一些代表有過接觸，有人私下跟我說有代表在準備這個議案。」

第五章

主控權

「真的嗎？」馮葵不敢置信地問道。

傅華無奈的點點頭，他不願意讓步，是想要在這段關係中掌握主控權，但現在他已經深陷其中，難以自拔了，誰握有主控權只剩下形式，一點意義也沒有了，他又何必堅持呢。

孫守義的神情立時嚴肅起來，這可是一個警訊，準備發起議案的人肯定是別有用心，這些人或者是想要針對他，又或者想從灘塗地塊項目中謀取什麼利益。無論是兩者間的哪一個，孫守義都不能允許，這是對他市委書記權威的冒犯。

孫守義覺得是應該出手了，就說：「老姚，這件事我會處理好的，你就不用擔心了。」

孫守義做出了承諾，姚巍山心裏鬆了口氣，總算可以擺脫這個麻煩了。他如釋重負地說：「您肯出面那是再好不過了。誒，孫書記，還有一件事，不知道您注意到網上最近出現的一個帖子沒有？」

孫守義裝糊塗的說：「什麼帖子啊？」

姚巍山說：「是論壇上的一個帖子，我覺得很有意思，您等一下，我找給您看看。」

姚巍山就在孫守義的電腦上找出那個何飛軍的帖子，讓孫守義看。

孫守義裝模作樣的看了，然後說：「老姚，這種東西你也看啊，網上這種捕風捉影的帖子太多了，這都是有些人為了吸引大眾的注意，故意捏造出來的，不少照片還都是合成的，這種東西看完就算了，不必理會的。」

姚巍山卻說：「不是的，孫書記，您還沒看仔細，那個蹲在地上的男人您仔細看一下，覺不覺得很像某個人。」

孫守義心說這件事就是我搞出來的，我又怎麼會不知道他像誰呢？不過這姚巍山眼光可夠犀利的，這樣一張含混的照片他居然也能看出端倪，認出何飛軍來。

何飛軍和顧明麗這對無賴夫妻不但大鬧市委市政府，還巧妙地利用形勢逼迫姚巍山和孫守義不得不讓何飛軍重新分管工業，無異是羞辱了兩人，也似乎是在明白告訴海川政壇，兩人是他們夫妻的手下敗將。

因此在針對何飛軍的態度上，兩人想法是不謀而合的。但是孫守義卻不想讓姚巍山知道這一點，因為那樣他就不得不面對要怎麼處理何飛軍的問題。

因此孫守義笑了一下，說：「這個男人有什麼特別的啊？中年男人脫了衣服都這個德行，都是一身發福的肥肉。」

姚巍山急急地道：「孫書記，難道您就不覺得這個男人很像我們的何副市長嗎？」

「有嗎？」孫守義故作認真的重新打量了一下照片裏的男人，搖搖頭說：「我可不這麼覺得。老姚，這話可不能亂講，這可是嫖妓被抓，不是十分確定的話，最好不要隨便說他像何副市長，要是傳出去又是一場紛爭。跟你說，我可是受不了這對混賬夫妻了。」

姚巍山看了孫守義一眼，他並不知道孫守義這麼做心中其實是另有盤算的，就悵然若失地告辭離開了孫守義的辦公室。

姚巍山離開後，孫守義立即抓起電話打給城邑集團的董事長束濤。

束濤接了電話，說：「孫書記，找我有什麼指示啊？」

孫守義說：「束董，我聽說你對那個灘塗地塊的項目很感興趣啊。」

孫守義這麼說，是因為想要吃下灘塗地塊項目，並不是一般小型房產公司能辦到的，必須要大公司才有能力接手。而在海川市成規模的房產開發公司並不多，束濤的城邑集團就是其中之一。而束濤正好是那種愛搞陰謀的人，孫守義很懷疑這件事是束濤在背後搞的鬼。

束濤愣了一下，有點納悶地說：「孫書記，您這話是什麼意思啊，難道修山置業肯放手了？如果真是那樣，我們城邑集團倒是很願意接盤。」

孫守義聽了束濤的回答，似乎是真的不知道有人想要發起質疑政府議案的事，就笑了一下說：「你想得美啊，修山置業還沒有要放手這個項目的意思呢。」

東濤不解地說：「那您這麼說是什麼意思啊？您是在試探我對吧，難道說有人在打這個項目的主意？」

孫守義說：「被你猜對了，我今天聽姚市長說起，有人想要在這次的人大會上質疑政府對灘塗地塊的不作為，要求政府嚴厲懲罰修山置業。」

東濤大嘆說：「這是個好計謀啊，現在修山置業已經有點進行不下去的意思，如果政府再下重手處罰它們，他們真是有可能承受不住，放棄這個項目的。」

孫守義質疑說：「難道這不是你的手筆？」

東濤笑了笑說：「孫書記，您就這麼不信任我嗎？我還覺得這段時間以來，我跟您工作配合的很好呢？」

孫守義說：「東董啊，不是我不相信你，而是在海川能玩得起這麼大手筆的人不多，你東董就是其中最有分量的一個。」

東濤趕忙撇清說：「我就當您這是在誇獎我好了，不過您懷疑錯人了，這件事真的不是我搞出來的。我記得當初您不允許城邑集團參與這個項目，我就是膽子再大，也不敢冒犯您的虎威。而且還有一點，中儲運可是中字頭的公司，財大勢雄，也不是我們城邑集團這樣一個地方性的公司敢去招惹的。」

孫守義滿意地說：「算你聰明，不過你應該知道是誰在幕後操作這件事情的吧？」

束濤說：「我還真不知道，現在海川很多人都知道我和您的關係不錯，一些針對政府和您的行動他們都會儘量避開我。而且，如果我早知道有人在這麼做，一定會提醒您的。」

孫守義想想也是，束濤明裏暗裏也幫了他不少忙，如果真的發現有這種事，束濤肯定會提醒他的。

束濤接著說道：「這樣吧，回頭我幫您查一下這件事，看看究竟是誰在搗鬼。」

孫守義找束濤的目的，也就是希望束濤出面幫他查清楚，束濤是海川的地頭蛇，這種事他一定有辦法處理得很好的。

孫守義就說：「你給我儘快查，我懷疑這件事是針對姚巍山市長選舉的，必須趕緊搞清楚。」

北京，海川大廈。

臨近下班的時候，傅華接到了胡東強的電話，胡東強邀約說：「晚上出來喝酒吧，傅哥，我跟哥幾個約好了，一起出來熱鬧一下。」

傅華也很想參加這次聚會，他也有些日子沒跟徐琛他們聚了，不過他擔心馮葵也會來參加這場聚會，他們現在這種狀況，見面難免會尷尬，就問道：「你都約了誰啊？」

胡東強說：「也就是琛哥、田漢傑、周彥峰他們，本來想約葵姐的，但是葵姐說她身體有點不舒服，就不湊這個熱鬧了。」

傅華聽說馮葵不參加，就放心地說：「好啊，我也正想跟哥幾個聚聚呢。」

胡東強就跟傅華說了酒店的名字和見面的時間，然後就掛了電話。

放下電話後，傅華想到馮葵身體不舒服，擔心馮葵是不是病了，心想要不要打個電話去關心一下，不過隨即傅華就覺得自己有點可笑，人家都已經不理他了，他還去擔心她，也真有點太自作多情了。

晚上傅華準時前往聚會的酒店，胡東強、徐琛等人都已經到了。

徐琛親熱的捶了傅華一拳，笑說：「看到你這傢伙我就有點手癢，話說葵姐的會所結束了之後，我有好一段時間沒跟人玩梭哈了，真想跟你好好玩上一把。」

田漢傑在一旁開玩笑說：「傅華，琛哥這是知道你賺錢不多，想故意送錢給你花呢。」

徐琛笑罵說：「去，我玩梭哈就那麼不堪嗎？我只是輸過傅華幾把而已，我跟你們玩的時候，我可都是贏家的。」

周彥峰笑說：「幾把就夠了，琛哥，玩梭哈你玩不過傅哥的。」

徐琛甘拜下風地說：「這我承認，這傢伙太聰明，看他玩睢才熹那次，那個氣勢，算計的精準，簡直就是職業賭徒嘛，令人佩服。」

傅華謙虛地說：「琛哥，你別這麼說，那次是我運氣好罷了。」

胡東強在一旁忍不住插話說：「睢才熹本來就是個繡花枕頭而已。」

徐琛說：「也不能這麼說，睢才熹和他父親睢心雄都是很有心計的人。東強啊，你家老爺子這次恐怕要吃癟了，現在看上去，睢心雄的氣勢遠遠超過楊志欣，勝出的機率很大啊。」

胡東強不以為然的說：「琛哥，你不要看一時，誰能笑到最後，才是最重要的。」

周彥峰聽了，立刻問道：「東強，你這麼說是不是你們家老爺子已經穩操勝券了？」

胡東強笑說：「那倒不是，不過，我總覺得睢家父子沒那麼好的氣運罷了。」

田漢傑附和說：「我跟東強的感覺是一樣的，我也覺得睢家沒這麼好的氣運，想要進核心領導層，除了自身的努力外，也需要幾分的運氣。」

這時胡東強見氣氛有些嚴肅，就笑了笑說：「好了，好了，我好不容易回來一趟，就不要去聊這麼無聊的事了，我們喝酒。」

徐琛笑說：「是啊，東強說得是，哥幾個湊在一起不容易，來東強，我跟你喝一杯。」

眾人就不再聊時事，互相敬著酒，扯起風花雪月來了。

這些人都是放浪形骸的世家子弟，又經常玩在一起，喝起酒來就十分爽快，不一會兒一個個都喝得面紅耳赤。傅華也不例外，也喝了不少。

正當眾人酒酣耳熱之時，服務小姐進來說：「先生，有位女士說是你們的朋友。」

徐琛取笑說：「東強，肯定是你的哪個情人看到你進了酒店，所以找上門來……」

徐琛話沒說完，就趕緊閉上了嘴，因為他看到推門進來的人居然是他們圈子裏的老大馮葵。

馮葵瞟了徐琛一眼，笑說：「琛哥，我什麼時候成了東強的情人了？」

徐琛不好意思地說：「葵姐，你別這樣，我不是不知道你要來嘛！」

胡東強奇怪地問：「是啊，葵姐，你不是說身體不太舒服，不來了嗎？」

「我是有些不舒服，不過我在家待著也沒意思，想起也有些日子沒見大家了，就過來看看。」馮葵解釋完，似乎這時候才看到傅華，便說：「誒，傅先生也在啊？」

傅華在馮葵進來的那一刻，心裏猛地震顫了一下，這一刻，傅華覺得他這些天的逃避和想要忘記馮葵的努力，其實都是在做無用功。在沒看到她的時候，傅華可以下狠心跟馮葵斷了往來，但是看到活生生的人出現在面前時，他的決心就變成不捨和留戀了。

他其實始終都在惦記著馮葵，這個女人已經在他心中深深的刻下了印痕，想要抹掉根本是不可能的。

馮葵看起來消瘦了很多，看來這些日子，馮葵肯定也很煎熬。再看到馮葵看他的眼神，有些想哭卻又不得不忍住的樣子，顯然馮葵看到他的心情就跟他一樣，也很複雜。

看馮葵問起他，傅華就笑笑說：「聽東強說，你有些不舒服，不會是病了吧？」

「哦，傅先生這是在關心我嗎？」馮葵諷刺地說：「這我可有點承受不起啊。」

胡東強並不知道馮葵跟傅華關係非淺，是在跟傅華鬥氣，覺得馮葵話說得有點怪異，就緩頰說：「葵姐，傅哥問這個是出於朋友的關心，大家其實都想知道你是不是生病了。」

馮葵這才說：「也不能說是病了，就是前幾天被一個氣量狹窄的混蛋給氣了一下，搞得我心裏一直堵得慌。」

「是誰啊，誰膽子這麼大敢氣葵姐啊！」胡東強立即氣憤地說：「你告訴我，我替你去教訓他。」

馮葵笑了笑說：「說出來你也不知道是誰，再說，我也犯不上為了一個混蛋生氣，是吧？」

馮葵在說混蛋兩個字的時候，還特意瞄了傅華一下。

其實她不用瞄，傅華也知道馮葵這是在罵他，他苦笑了一下說：「是啊，葵姐說得對，犯不上跟一個混蛋生氣，氣傷了身體就更不值得了。」

馮葵聽了說：「看來傅先生的看法跟我一致，對，人是不能跟混蛋生氣的。東強，給我倒酒，我要跟傅先生喝一杯。」

胡東強看著馮葵，關切的說：「葵姐，你身體不是不舒服嗎，能喝酒嗎？」

馮葵爽朗地說：「本來是不舒服的，可是看到你們幾個，我的心情就好多了。好了，別囉嗦了，趕緊給我倒酒。」

胡東強就給馮葵倒上酒，馮葵端起酒杯，對傅華說：「傅先生，來，為了我們看法一致乾杯。」

傅華心說：什麼看法一致啊，你這明明是在偷著罵我，好吧，如果你罵我心裏會舒服些，那你使勁罵好了。他便舉杯跟馮葵碰了一下，說：「葵姐，希望喝了這杯酒，你就能消氣了。」

馮葵笑說：「人哪有那麼容易消氣的，我會把他的名字寫下來，用鞋子打他幾天小人再說的。」

滿桌的人都笑了起來。

徐琛大讚說：「葵姐，你這辦法好，我想那個人這幾天一定會渾身都疼的。」

「希望啦！」馮葵說著，看著傅華說：「傅先生，你覺得我這個辦法會打得那個人渾身疼嗎？」

傅華故作害怕地說：「那當然，你葵姐雌威發作，那人肯定會被打得渾身疼的。」

滿桌的人再次笑了起來。

徐琛有些感傷地對馮葵說：「葵姐，你的會所真不該結束的，讓我們哥幾個都覺得少了點什麼似的。來，這杯酒我敬你。」

馮葵豪爽的說：「是啊，沒了會所，我跟你們見面的機會也少了很多，來，我們把這杯乾了。」

兩人就把杯中酒乾了。接著，其他人紛紛也端起酒杯向馮葵敬酒，馮葵一律來者不拒，反倒是傅華被冷落在一旁。

他從未見馮葵這麼喝酒過，也不知道馮葵的酒量究竟如何，很擔心馮葵會因為跟他鬥氣，故意多喝酒而喝醉。就小聲問胡東強：「東強啊，葵姐這麼喝沒事吧？」

胡東強笑說：「傅哥，你放心好了，葵姐喝得比這還猛的時候我都見過，沒事的。」

馮葵其實一直用眼神瞟著傅華的動態，注意到傅華在跟胡東強嘀嘀咕咕，就問：「東強，你跟傅先生交頭接耳算是怎麼一回事啊？有什麼話不能大聲說的啊？」

胡東強忙說：「沒什麼葵姐，傅哥是擔心你這麼喝會喝醉了，問我你的酒量如何呢。」

「呵呵，我的酒量大著呢，」馮葵說著，有些挑釁地看著傅華說：「傅先生，我好像跟你並不熟，你這麼關心我幹什麼？你是不是在暗戀我啊？」

徐琛湊趣的說：「是啊，傅華，你今晚似乎對葵姐特別的關心，會不會真的是在暗戀她啊？」

傅華趕忙正色說：「琛哥，你別瞎湊熱鬧，你難道聽不出葵姐是跟我開玩笑的嗎？」

周彥峰也打趣說：「傅哥，你別轉移話題，葵姐開玩笑不代表你沒有暗戀她，如果你真是暗戀她，還是老實承認吧，其實也不丟人，葵姐這麼優秀，暗戀他的男人很多的。」

傅華看了看周彥峰，還擊說：「彥峰，我怎麼聽你這話的意思，好像是你在暗戀葵姐啊？」

沒想到周彥峰居然沒有否認，大方地承認說：「是啊，我是在暗戀葵姐，而且喜歡她很久了。葵姐，我終於把心裏的話給說了出來，你要不高興就罵我吧。」

傅華愣了一下，雖然有男人暗戀馮葵不是什麼新鮮事，不過當眾聽到有男人當他的面說喜歡馮葵，他心裏還是有些酸溜溜的。

馮葵親切地說：「傻瓜，你是喜歡我，又不是嫌棄我，我為什麼不高興啊？」

周彥峰驚喜的看了看馮葵，說：「真的嗎葵姐？」

馮葵笑說：「當然是真的了，這說明我也是一個很有魅力的女人，我應該謝謝你才對的。來，彥峰，我們倆喝一杯。」

田漢傑湊趣說：「葵姐，彥峰，我看你們倆真是郎有情妾有意啊，乾脆你們倆喝完這杯就在一起好了，反正你們現在都是單身。」

馮葵瞟了傅華一眼，故作埋怨說：「漢傑，你不講話別人會當你啞巴啊？」

田漢傑笑說：「倒是沒人會當我是啞巴，不過葵姐，那樣子不就沒有人撮合你跟彥峰兩個了嗎？」

徐琛、胡東強都呵呵大笑了起來，徐琛趁勢說：「葵姐，我也覺得你們倆挺配的，既然今天把這個話頭提了起來，我看你們倆索性就在一起好了。」

胡東強也敲邊鼓說：「是啊，葵姐，你跟彥峰很般配，就在一起吧。」

周彥峰看徐琛、胡東強、田漢傑都在幫他跟馮葵湊對，他本來只把馮葵看做不可觸碰的女神，一直偷偷喜歡著馮葵，卻從來不敢奢望真的能夠跟馮葵在一起，甚至連跟馮葵表白都不敢。但看現在這個樣子，似乎他能跟女神在一起的希望大增，因此用期待的眼神殷殷看著馮葵。

馮葵笑罵說：「你們這些傢伙跟我瘋慣了，我都拿不準你們是在尋我開心呢，還是真的認為我跟彥峰很配。」

徐琛一本正經地說：「葵姐，這種事我們怎麼敢拿你尋開心啊？我們是真的這麼認為的。」

馮葵笑了笑說：「我才不信呢，這樣吧，傅先生，你比較客觀，我問問你吧，你覺得我跟彥峰配不配，我們是否適合在一起啊？」

傅華差點就脫口說出不適合來，不過他注意到馮葵看他的眼神中帶著笑意，就明白馮葵是故意這麼說，好耍弄他。

傅華心說：你想玩是嗎？那我跟你玩下去吧。傅華就嘻皮笑臉地說：「葵姐，你跟彥峰真是郎才女貌，再般配也沒有了。我看乾脆大夥給你們做個定情的見證，今晚就在一起好了。」

徐琛拍起手來，說：「傅華這話說的不錯，所謂打鐵趁熱，你們現在就在一起好了。彥峰啊，你還不趕緊跟葵姐喝個定情酒?!」

馮葵本來是想逗弄傅華的，看傅華不上當，她卻掉入圈套裏，就狠狠的瞪了傅華一眼，臉色隨即沉了下來，說：「行了，琛哥，開玩笑也要有個分寸，我和彥峰不合適的。」

周彥峰一臉的期待馬上就失落無比，馮葵意識到她傷到了周彥峰，趕忙解釋說：「彥峰啊，不是你不好，而是我不喜歡比我小的男人。」

周彥峰哦了一聲，然而情緒並沒有因為馮葵這麼說有所好轉。這鬧得馮葵也有些不好意思了，便看著徐琛埋怨道：「琛哥，都是你瞎起鬨害的，我本來想今天見到你們會開心一點的，誰知道會鬧成這個樣子。行了，你們繼續玩你們的吧，我走了。」

馮葵就匆匆離開了。大夥兒趕忙去安慰周彥峰，但是周彥峰的情緒始終提不起來，這場本來熱鬧的聚會，就在掃興的氣氛中結束了。

周彥峰可能是覺得沒面子，第一個開車走了。緊接著田漢傑和徐琛也先後離開，傅華和胡東強就一起走向停車場。

這時胡東強的手機響了，他看了看號碼，眉頭皺了起來，對傅華說：「是關偉傳家的電話，不知道這個傢伙這麼晚找我幹嘛？」

胡東強接通了電話，聽對方講了幾句，胡東強的臉色變得十分難看，對傅華說：「電話是關偉傳妻子打來的，她說剛才中紀委第七監察室的人去關家，對關偉傳宣布雙規，然後把關偉傳給帶走了。傅哥，你先回去吧，我要過去看看情形如何。」

傅華聽了，也覺事態嚴重，便說：「行啊，你別管我了，快去吧。」

胡東強就發動車子去了關偉傳家，傅華便上了自己的車。

這時他的手機也響了起來，看到是馮葵的手機號碼，傅華臉上露出了笑容，馮葵終於主動打電話來了。

傅華在今天見到馮葵的那一刻，就在期待著要跟馮葵和好，只是在等待一個合適的時機，現在馮葵打來，正給了他一個臺階下，他趕忙接通了電話。

電話一接通，傅華就聽到馮葵嚷道：「傅華你個混蛋，如果你不馬上過來，我就真的去跟周彥峰好了。」

傅華笑了起來，他知道馮葵這是在虛張聲勢，她根本就不會去跟周彥峰在一起的。便故意說：「好啊，去吧。」

「呵呵，」馮葵冷笑說：「還嚇不住你了！這樣不行的話，那我換個招數，我馬上去告訴琛哥、東強他們，就說你跟我早就有一腿了，卻還在他們面前裝模作樣，耍弄周彥峰。」

傅華早就等著要跟馮葵和好的那一刻，也就不再逗弄馮葵，假裝求饒說：「好了，我怕了你，我馬上過去就是了。」

傅華到了馮葵家，一進門，馮葵什麼話都沒說，衝過來就用粉拳在傅華的身上劈裏啪啦的一陣亂打。傅華知道馮葵這是在發洩這些日子他跟她鬧彆扭的怨氣，就任由馮葵盡情的發洩。

馮葵打了好一會兒，終於停了下來，看著傅華說：「你這個混蛋，為什麼不攔我，是不是覺得心裏對我很愧疚啊？」

傅華說：「小葵，我們不要爭執誰對誰錯了，喜歡對方就沒有對和錯，你不是要打得我渾身疼嗎，我讓你打，只要你能不生氣。」

馮葵癟了一下嘴，說：「我才不上你的當呢，你皮糙肉厚的，我打你，最後疼的可是我的手。」

傅華笑了起來，說：「你才知道啊。」

「你個壞蛋，別當我治不了你！」馮葵說著伸手去掐住傅華胳膊上的肉，用力的掐了起來。

傅華誇張的做出呲牙咧嘴的表情來，馮葵幸災樂禍地說：「活該，疼死你。」

話雖然這麼說，馮葵卻鬆開了傅華，不再用力去掐他了。

傅華一邊將馮葵往懷裏擁，一邊陪笑著說：「你不生氣了？」

馮葵叫道：「誰說我不生氣了，我生氣得很呢。」一邊說著，一邊就想從傅華的懷裏掙脫。

傅華這時哪還能讓她掙脫，加了把力氣，將馮葵緊緊地箍在懷裏。

「混蛋，快放開我！」馮葵叫道：「再不放開我，我對你……」

傅華立即用嘴堵上了馮葵的抗議聲，馮葵一開始拼命抗拒著傅華，然而當傅華的舌吻攻勢猛烈來襲時，她的身子就在傅華的懷裏軟化了下來，也回吻傅華起來。

傅華貪婪的將馮葵吐出來的氣息吸進身體裏，這個讓人懷念的氣息是如此的芬芳甘甜，讓他忍不住閉上眼睛，深深陶醉其間。

吻了一會兒，傅華忽然覺得嘴邊有點鹹鹹的，睜開眼睛一看，只見馮葵淚流滿面。

傅華慌張地鬆開馮葵，問道：「怎麼了，我什麼地方傷到你了嗎？」

「都是你啦！」馮葵用力的搥了傅華的胸膛一下，帶著哭音叫道：「你就會來欺負我，你很了不起嗎，我今天如果不叫你過來，你是不是準備不再見我了？你是個男人耶，怎麼這麼小心眼啊？」

傅華愧疚的說：「我不是來了嗎？」

「那是我叫你來你才來的好不好！」馮葵又用力的捶了傅華一下，叫道：「我恨死你了，明知道我捨不得你，你還這麼折磨我，沒見過比你再壞的男人了。」

傅華抱緊馮葵，趕緊認錯說：「好了好了，我錯了行嗎？」

馮葵氣呼呼地說：「不行，讓我再打幾下解解恨。」

傅華告饒說：「夠了吧，你也打我不少下了，也該解恨了。」

馮葵卻仍未解恨地說：「不行，我還恨得牙癢癢的呢。」

馮葵扭動著身軀想要從傅華懷裏掙脫，傅華怎麼肯放，抱緊馮葵，在她耳邊輕聲低語地道：「乖，頂多我答應你，讓你在上面好了。」

「真的嗎？」馮葵抬頭看著傅華，不敢置信地問道。

傅華無奈的點點頭，他不願意讓步，是想要在這段關係中掌握主控權，但現在他已經深陷其中，難以自拔了，誰握有主控權只剩下形式，一點意義也沒有了，他又何必堅持呢。

馮葵看傅華點了頭，破涕為笑地叫道：「這可是你答應我的，你放開我，快點。」

傅華就鬆開了馮葵，馮葵笑著說：「我現在可要推倒你了，看我怎麼處罰你。」

馮葵說著，就撲到傅華的身上，將傅華壓在了身下……

第六章

民意畫皮

接下來就要看胡瑜非會不會乘勝追擊，
如果高層對黎式申進行審查的話，
也就意味著睢心雄在嘉江省樹立起的光輝形象轟然倒塌，
也戳破了睢心雄所搞的民意畫皮，
睢心雄想要借整頓活動問鼎中原的圖謀就要破產了。

第二天一早，傅華習慣性的翻閱當天的報紙。

不出所料，大多數報紙的頭版頭條都是關偉傳涉嫌嚴重違紀，正在接受監察單位調查。

看來睢心雄和楊志欣的戰局，開始出現有利於楊志欣的變化了，即使關偉傳獻出了自己的情人楊莉莉，睢心雄最終還是沒能保得住關偉傳，關偉傳終究成為兩大角力的政治犧牲品。

傅華暗自嘆息，他對關偉傳其實是有一點好感的。不過關偉傳有今天也是自找的，他如果不受賄，就不會有今天的審查了。

說起來受賄並不是他這次倒楣的關鍵，關鍵是他背叛了一路提攜他的胡家。如果他不另投他主，胡瑜非一定不會坐視他出事而不管。但關偉傳卻在關鍵時刻沒有站穩腳跟，選擇加入睢心雄的陣營，又轉手來對付胡家，徹底激怒了胡瑜非，才導致現在的局面。

說得好聽是被調查，其實就等於是宣布關偉傳被捕了。傅華看過許多類似的領導被官方宣布違紀接受調查的，至今還沒有一例是經過調查後能全身而退沒事的。

不過關偉傳的被調查，僅僅是發出了胡瑜非和楊志欣反擊的第一個信號，雖然高層在關偉傳這件事情上選擇了支持楊志欣，但不代表高層就會選擇支持楊志欣到底。接下來就要看胡瑜非會不會乘勝追擊，將羅宏明舉報黎式申的那些資料活用起來。

如果高層對黎式申進行審查的話，也就意味著睢心雄在嘉江省樹立起的光輝形象轟然倒塌，也戳破了睢心雄所搞的民意畫皮，睢心雄想要借整頓活動問鼎中原的圖謀就要破產了。

這時，傅華桌上的電話響了起來，是姚巍山的號碼，傅華趕忙接通了，說：「您好姚市長，有什麼指示？」

姚巍山說：「你好傅主任，也沒什麼指示啦，就是想跟你落實一下，明天尹章導演他們一行人的行程都安排妥當了嗎？」

明天是尹章和許彤彤一行人要去海川拍攝形象宣傳片的日子，因為尹章正好有幾天檔期，所以就跟海川方面敲定在這個時間去海川。

傅華知道姚巍山對這次尹章去海川很重視，這也算是姚巍山到海川之後所做的第一件露臉的事，姚巍山自然是不想出什麼差錯。

傅華笑說：「姚市長，您放心，機票什麼的我都安排好了。等一會兒我再跟天下娛樂確定一下，只要他們那邊沒什麼變動，就一切妥當了。」

姚巍山說：「別等一下了，你趕緊跟天下娛樂確定吧，確定好了後趕緊向我彙報。」

傅華立即說：「行，姚市長，我馬上就確定。」

傅華就打電話給尹章，跟尹章確定明天的行程沒什麼變化，然後跟姚巍山作了回報。姚巍山還是不放心，要求傅華在陪同尹章去海川的過程中，儘量做好每個細節，這才掛了電話。

傅華對姚巍山這麼緊張有些不以為然，不就是一個知名導演嘛，有必要這樣草木皆兵的嗎?!

傅華其實是很不想在這時候離開北京的，昨晚他才跟馮葵和好，經過這場彆扭，兩人都更明白對方對自己的重要性，感情更加難分難捨，他卻馬上就要好幾天不在北京，難免有些不情願。

傅華就打電話給馮葵，準備把要回海川的事跟馮葵說一聲。

馮葵接了電話，慵懶的說：「這麼快就想我啦？」

傅華笑說：「你不會還沒起床吧？」

馮葵說：「是啊，還沒起床，身體有點倦倦的，不想起床。」

傅華取笑說：「活該，誰叫你昨晚那麼折騰我來著！」

馮葵得意的說：「不折騰不行啊，好不容易才翻身做了主人，當然要賣力些啦。」

傅華笑罵說：「你就得意吧。誒，有件事跟你說一下，我要陪尹章他們回一趟海川，要在海川待上幾天。」

馮葵依依不捨地說：「不去不行嗎？我還想你這幾天能好好陪陪我當做補償呢。尹章那麼大的人了，應該能自己去海川吧？」

傅華也不捨地說：「別鬧了，小葵，這是我的工作，市裏對尹章去海川很重視，要求我一定要陪好他。」

「都跟你說你這個工作……」說到這裏，馮葵忽然意識到她又犯了傅華的忌諱，趕忙把已經到嘴邊的話咽了回去，笑笑說：「行，你要去就去吧，儘量早點回來就是了。」

傅華知道馮葵想說什麼，馮葵及時打住，說明她很在乎自己的感受，就笑了一下說：「好，我儘量。你再睡會兒吧，我掛了。」

「誒，等等！」馮葵像是想到了什麼似的，狐疑地問道：「你老實說，許彤彤是不是也會跟著去啊？」

傅華沒有多想，回說：「當然啦，許彤彤是宣傳片的女主角，她不一起去怎麼行？」

馮葵曖昧地說：「你很狡猾啊，故意在我面前只說尹章，完全不提許彤彤，是想趁這次去海川跟她發生什麼吧？」

傅華失笑說：「我根本就沒想到這個，再說，這次去海川有一大堆人，我跟她也不可能做什麼的。」

「你不想，不代表那個許彤彤不想，那個小妖精心思多著呢，只要有機會，她一定會黏上你的。我警告你啊，你給我老實點，就算是許彤彤對你示好，你也不許對她有什麼不軌的行動！」馮葵警告說。

傅華開玩笑說：「誒，奇怪啊，以前你不是勸我把她給收了，今天怎麼改變態度了呢？」

馮葵理所當然地說：「現在是我當家做主了，我這個女主人自然不想我的男人在外面拈花惹草，你聰明的話，就給我乖一點，不然小心我教訓你啊。」

傅華笑說：「想得美，我不教訓你就不錯啦。好了，睡你的大頭覺吧。」

第二天，傅華陪同尹章和許彤彤以及天下娛樂的一眾工作人員飛往海川。

在飛機上，尹章對傅華顯得很尊重，對許彤彤坐在傅華旁邊也沒表示什麼不滿。看來他拒絕跟黃易明合作，並沒有影響到黃易明對他的態度。

今天的許彤彤一身休閒打扮，化著淡妝，少了幾分豔麗，卻多了幾分清純，更像一個漂亮的鄰家女孩。

傅華更喜歡許彤彤這個樣子，只是不知道許彤彤這個清純樣子還能保持多久。娛樂圈是個大染缸，許彤彤在這個染缸中浸染的時間越長，遲早會越迷失她的本性的。

到了海川機場，不知道是不是姚巍山事先把尹章要來海川的消息發佈出去，大批的媒體記者和粉絲已經等在機場了，機場還調集了不少的員警在現場維持秩序。

聽著現場粉絲們紛紛高喊著「尹章，我們愛你」，傅華這才真實地感受到尹章的影響力。

姚巍山親自到機場迎接尹章，他手捧著一束鮮花送給尹章，然後說：「尹導演，歡迎你蒞臨海川。」

尹章高興地說：「謝謝，勞煩姚市長大駕親自迎接，我可是有點承受不起啊。」

胡俊森也陪同姚巍山一起到機場，現在文教歸他負責分管，自然責無旁貸，也隨同前來接待尹章一行人。

胡俊森將他手捧的鮮花送給許彤彤，寒暄著說：「彤彤小姐，歡迎你到海川來。沒想到你本人比照片還漂亮啊。」

許彤彤露出甜笑說：「您太誇獎了。」

姚巍山在一旁說：「尹導演，外面這麼多人守候在這裏，你看是不是跟他們打個招呼？」

尹章對這種場面早就司空見慣了，笑笑說：「既然這樣，那我就和彤彤一起出去見見他們吧。」

尹章帶許彤彤一起見記者和粉絲，這是給許彤彤製造一個增加知名度的機會，明天的娛樂版頭條肯定是許彤彤和尹章站在一起的照片。至於許彤彤能不能就此脫穎而出，就要看她的造化如何了。

尹章和許彤彤就一起去舉行了一個小型的記者會，尹章收起了他猥瑣的表情，在記者會上侃侃而談，還真是給人一種大師的感覺。

尹章侃侃而談地說：「感謝各位媒體記者和粉絲們對我尹章的捧場，我這次受海川姚巍山市長的請託，幫海川市拍攝一部形象宣傳片。我之所以接下這個委託，是因為我認為海川市是國內最美麗的城市之一，依山傍海，氣候宜人，也是最具投資潛力和發展活力的新興經濟強市……」

尹章接著如數家珍的介紹了海川的特色，並說明了他這次拍片的概念，接著便趁勢把許彤彤推到了前臺，說：「在這裏我向大家介紹這部片的女主角，天下娛樂公司的簽約藝人，也是有著『小鞏俐』之稱的許彤彤小姐。」

許彤彤落落大方的跟在場的來賓打招呼，說：「大家好，我叫許彤彤，承蒙尹導演提攜，讓我演出這部片子。說實話，一出道就跟尹大導演合作，我心裏很惶恐，但是我對自己有信心，相信只要我肯努力，一定會讓這部片子拍出最好的效果來。」

記者招待會後，姚巍山和胡俊森就把一行人接到海川大酒店住下，傅華在他們安置好之後，坐著胡俊森的車去了市政府。

在車上，胡俊森稱讚說：「傅主任，你真是好眼光啊，這個許彤彤很優秀，我光這麼看就有心動的感覺，相信只要天下娛樂公司稍作打磨，她一定會成為一顆耀眼的大明星的。」

傅華笑說；「別往我身上扯，她優不優秀與我有什麼關係啊？」

胡俊森說：「怎麼會沒有關係呢？你這次給了她機會，說不定因此就有一親芳澤的可能，你可別告訴我，你看到這樣的尤物一點都不心動啊？」

傅華說：「我承認她很漂亮，但是我更知道她不是我能染指的。倒是胡副市長，如果您對許彤彤有什麼想法，我可以幫您引薦一下。」

胡俊森笑說：「饒了我吧，那樣我們家的母老虎還不把我給吃了。」

說話間，到了市政府辦公大樓，傅華和胡俊森下了車，迎面正好看到何飛軍從大樓裏走了出來。令傅華驚訝的是，何飛軍左眼烏青一片，臉上也有幾道血痕，似乎眼睛被打了一拳，臉上也抓了一樣。

這可就有意思了，何飛軍貴為副市長，誰敢跟他打架啊？傅華心裏有些納悶。他不好多問什麼，便跟何飛軍打招呼說：「出去啊，何副市長？」

何飛軍看見是傅華，尷尬的笑了笑，嗯了兩聲，就快步離開了。

傅華跟著胡俊森去了他的辦公室，坐下來後，傅華不禁問道：「我們的何副市長怎麼會這副德行啊？」

胡俊森說：「據說是他老婆不知道因為什麼跟他大吵了一架，在吵架的過程中動了手，我們的何副市長就這個樣子了。」

「原來是顧明麗造成的，」傅華笑著說。

此刻他大致上猜到何飛軍和顧明麗為什麼吵這一架了。這一定和前些天網上的那個副市長在北京嫖妓被抓的帖子有關。那帖子裏的照片，別人或許認不出來是何飛軍，但作為跟何飛軍睡一個被窩的顧明麗絕不會認不出來的。

對這個帖子，傅華感覺是有點詭異的。帖子一出來的時候，他滿心以為會有人調查這件事，本來他還擔心會受到牽連；但奇怪的是，海川市和東海省並沒有任何要進行調查這件事的跡象，讓他白擔心了一場。

傅華十分納悶，如果這個帖子並不是想讓人調查何飛軍的，那發這個帖子的人又是什麼目的呢？

今天看到何飛軍被顧明麗教訓，傅華才有點明白發這個帖子的人真正目的是什麼，他是想要噁心顧明麗兩口子的。因為傅華相信帖子裏的那張照片，除了知道這件事情的人之外，也只有何飛軍最親近的人才知道那就是何飛軍。而跟何飛軍最親近的人也就是顧明麗了。

顧明麗看到照片之後，肯定十分生氣，偏偏又不能把這件事情鬧大，鬧大的話，何飛軍的副市長職位肯定就要丟掉了，因此只能忍氣吞聲。這股悶氣不能對外公開發洩，只好發向何飛軍了，因而下手也就越發的狠，看何飛軍的狼狽樣子就足以證明她的怒氣有多深了。

這麼分析下來，傅華越發認為發帖子的人肯定與孫守義有關。孫守義早就對何飛軍和顧明麗兩口子心生不滿；尤其是顧明麗咄咄逼人的強勢作風，更是頗有微詞，而這次何飛軍的自殺事件等於是把他們的這種對立徹底的公開化，孫守義才會想藉此好好整治一下兩人。

第二天，尹章的拍攝緊鑼密鼓的展開。由於他的檔期只有幾天，所以必須在幾天的時間內將想要的鏡頭都拍好，然後帶回北京再進行後製。

第一個鏡頭選在海邊，他讓許彤彤身著白衣站在礁石上翩翩起舞，借此表現出海川海上仙境的感覺。

傅華遠遠地看著礁石上的許彤彤一次又一次地按照尹章的指導擺著Pose，不斷重複同樣的動作，表情還要自然生動，不禁暗自咋舌，原來明星也不是那麼容易做的。

不過尹章的選景確實很美，海浪拍打著礁石，在許彤彤身邊濺起白色的浪花，襯著一身白衣的許彤彤有如仙子，人美景美，相互輝映，讓傅華真的覺得就是人間仙境一般。

工作起來的尹章頗為嚴謹認真，經過好一番的折騰，終於拍到滿意的鏡頭，才放許彤彤從礁石上下來休息，尹章則繼續跟攝影師對著大海選取角度，拍攝海川優美的海景。

許彤彤走到傅華身邊坐了下來，然後問傅華說：「傅哥，我拍的好嗎？」

許彤彤來到海川後，就自動改口叫傅華為傅哥，顯得兩人親近許多。傅華倒也無所謂，對他來說，傅哥也好，傅先生也好，不過是個稱呼罷了。

傅華真心地說：「很好啊，就像仙女一樣。誒，你身上的衣服都濕了，不用換一下嗎？」

許彤彤笑說：「導演說不能換，他說等下太陽到了另外一個角度，還要拍幾個鏡頭。我是個新人，也不敢隨便亂換的。」

傅華不禁說道：「那你可受罪了，濕衣服穿在身上的滋味可不好受。」

許彤彤不以為意地說：「這種苦我還受得了。誒，傅哥，這裏的大海好美啊，你怎麼捨得離開這裏去北京呢？」

傅華笑笑反問道：「你的家鄉不美嗎？」

許彤彤回憶說：「我的家鄉沒有這裏美，那裏是內陸，沒有大海。不過，那是一個老城市，有不少很美的老建築，我沒事的時候，很喜歡到老胡同裏面瞎逛。」

傅華說：「既然你很喜歡你的家鄉，為什麼要離開呢？」

許彤彤感嘆說：「我的家鄉雖然美，但是那個城市太小了，沒有北京這麼多機會，我無法在那裏實現我的夢想。」

傅華聽了，笑笑說：「我離開這裏的時候，已經過了做夢的年紀。那時候我覺得這裏太過安逸，安逸到讓我有一種想要逃離的感覺，所以就去了北京。」

許彤彤看了看傅華，說：「那傅哥你在北京找到你想要的東西了嗎？」

傅華被問的愣住了。是啊，他找到想要的東西了嗎？北京是讓他沒有了安逸的感覺，但是那裏的節奏實在是太快了，他又經歷了那麼多的事，常常會有一種被壓得透不過氣來的感覺。

許彤彤看傅華半天不說話，便說：「看來北京也沒讓傅哥找到想要的東西，你後悔過嗎？」

傅華搖搖頭，說：「我沒後悔過，雖然我現在越來越不知道我究竟想要什麼了。」

當初傅華離開海川，帶著一腔的熱血想要在北京建功立業，但是幾年下來，那種熱情和理想早就拋諸腦後了。

許彤彤笑說：「可能你現在沒有目標了吧？你在北京既有房子車子、老婆和兒子，也有了自己的一席之地，就覺得沒什麼需要你再去奮鬥的了。」

傅華自嘲說：「我算是有了自己的一席之地了嗎？」

許彤彤大力地點了點頭，說：「我覺得是有的，你的妻子也挺有名氣的，是個著名的時裝設計師，而你能跟黃易明、葵姐這樣的人做朋友，怎麼說也是在北京有點影響力的人物了。」

傅華笑說：「看來你摸過我的底了。」

許彤彤說：「是啊，最初我是好奇你跟葵姐的關係，所以上網搜尋了一下，結果發現你的生活還挺多姿多彩的呢。」

傅華不禁自我調侃道：「你是不是覺得我跟所有男人一樣齷齪啊？」

許彤彤笑了，說：「這倒沒有，我覺得有那麼多的美女名媛為你著迷，代表你還挺有魅力的。」

傅華不清楚眼前這個女孩這麼說是想討好他，還是真的這麼想的，便轉移話題說：「誒，別光說我了，說說你吧，你來北京的目標是什麼？」

許彤彤說：「這還用說嗎，當然是想成為大明星啦。傅哥，你覺得我行嗎？」

傅華說：「你別問我，你自己覺得呢？」

許彤彤神情有些低落地說：「來北京前，我對自己很有信心，但是到了北京後，我對自己就沒那麼自信了。」

傅華不解地問：「為什麼呢？」

許彤彤感慨說：「北京真是太大了，優秀的人也太多了，我在這裏感覺就像一滴落進大海的水一樣，根本就顯不出來。」

傅華其實也跟許彤彤有過一樣的感覺，北京是個精英薈萃的地方，人才濟濟，在這裏，你想跟別人比優秀是很難的，因為即使你再優秀，也總有比你更優秀的人出現。但是在北京待的時間久了，傅華就發現這種想法其實是很多餘的，只要對自己有信心又肯努力，照樣可以活出自己的精彩。

傅華想為許彤彤打打氣，就說：「你不要妄自菲薄，我相信你肯定會成為大明星的。」

許彤彤的眼睛亮了，看著傅華說：「傅哥，你真的這麼認為嗎？」

傅華很認真的說：「當然啦，你這麼優秀，又肯努力，我相信你一定會成為大明星的，只是不知道到那時候，你會不會已經不認識我了？」

許彤彤趕忙搖搖頭，說：「絕對不會的，沒有傅哥的幫助，我怎麼會第一部片子就能跟尹章合作呢，這份恩情我會銘記在心的。」

傅華剛想說沒必要，就聽那邊的尹章催促道：「彤彤，趕緊過來，現在這個光線角度就是我需要的。」

許彤彤便說了聲「傅哥，我過去了」，就趕忙跑去繼續拍攝了。

海川市委，孫守義辦公室。

孫守義接到束濤的電話，束濤回報說：「孫書記，我讓人查了一下，最近在人大鬧著要讓市政府對修山置業採取行動議案的那個人，是興海集團的單燕平。」

「單燕平，怎麼會是這個女人？」孫守義驚訝的說。

單燕平是最近在海川冒出頭的一個女企業家，三十多歲，十分精明的一個女人。興海集團則是做物流行業起家，是單燕平跟她老公一起創辦的企業。單燕平的老公能力一般，興海集團還沒做大的時候，尚能支撐局面，等興海集團做大之後，管理這個企業就有些力不從心了。

反倒是單燕平展現出她管理方面的天賦，之後出面跟外界打交道的多的是單燕平，她老公就退居幕後。慢慢的，人們提起興海集團，首先想到的反而是單燕平，而非她老公了。

孫守義之所以會感到意外，是因為單燕平一向是悶著頭做生意，很少參與到政壇的紛爭中，也沒聽說這個女人靠向了政壇上的某個派系。這回是怎麼了，難道說她靜極思動，除了商業之外，也想在政治上有所圖謀了嗎？

束濤說：「我也奇怪單燕平為什麼會出來鬧騰這件事。」

孫守義猜測說：「會不會是某些人在背後攛掇她，她才會跳出來的？」

政壇上從來都少不了一些心有不滿想搞事的人，比方說海川市委副書記于捷就是這樣一個人，他總是時不時的就跳出來給孫守義找點麻煩，也許單燕平就是被這些人利用，才會出來搞事的。

束濤想了想說：「這個我倒沒查到，最近也沒聽說單燕平跟市裏的哪位領導走得比較近的。」

孫守義吩咐說：「難道她是衝著灘塗地塊來的？這似乎不太可能。束董，你幫我繼續留意一下這個單燕平，看看這個女人究竟想搞什麼鬼。」

束濤一口答應說：「行，我會幫您留意的。」

此時在海邊，尹章又讓許彤彤不斷的重複著同一個動作，傅華百無聊賴的打了個哈欠，等待拍片的過程實在是太枯燥了。

這時，遠遠有一部賓士轎車開了過來。

尹章選的這個地方有些偏僻，不是有特殊目的，是很少有人會開車過來的，尤其還是一輛賓士。傅華好奇的看過去，想知道是誰跑來湊熱鬧。

車子在傅華的不遠處停了下來，後車門打開後，一個衣著華貴，模樣卻很一般的女人從車上走了下來。

傅華不禁掃了這女人一眼，這女人中等個子，長相雖然普通，身材卻還不錯，該凸的凸，該凹的凹，也算是凹凸有致了。

女人看傅華看著她，衝著傅華笑了一下，似乎認識他的樣子。傅華滿心狐疑，心中對這個女人卻是一點印象都沒有。

女人朝傅華走了過來，邊走還邊熱情的說道：「誒，傅華，可算是找到你了。」

女人叫出他的名字，說明這個女人確實是認識他的，這下讓傅華尷尬了，因為他看了女人半天，也沒想出這女人究竟是誰，他又是在什麼地方認識她的。

傅華腦海裏一邊思索著這個女人究竟是誰，一邊跟女人握了握手，寒暄說：「你好，怎麼會跑過來的？不會是專門跑來看尹導演拍片的吧？」

傅華裝作認出女人的樣子，想要為自己爭取一點時間。女人卻沒有被他的小伎倆給騙倒，指著傅華說道：「誒，你這傢伙，你沒認出我是誰來對吧。」

傅華被女人拆穿，臉微微紅了一下，笑了笑說：「不好意思，我真沒認出你是誰來，請問你是？」

女人說：「誒，我是單燕平啊！你不記得啦，小學五年級的時候，我們是同學啊。」

傅華想起來了，小學時，他是跟一位叫做單燕平的女孩做過同學，那時兩人處得還不錯。不過小學畢業後，他們就分別上了不同的初中，也就失去了聯繫。後來傅華聽同學說單燕平和丈夫一起搞物流生意，發達後建立興海集團，只是兩人各忙各的，一直沒機會見到面。

傅華訝異地說：「你的名字我有印象，不過模樣可是變化很大啊，難怪我會認不出你來。」

單燕平癟了一下嘴，不留情面地開玩笑說：「我這模樣入不了你的法眼才是真的，小學的時候，你就專愛盯著漂亮女生，根本就不拿我這樣的女生正眼看待的。」

傅華立即否認說：「我哪有啊。誒，老同學，看你這個樣子是發達了啊。」

單燕平笑笑說：「也說不上什麼發達不發達的，興海集團就是賺了點小錢罷了，你可千萬不要來笑話我。」

傅華趕忙說：「我怎麼敢啊，你開的可是賓士，興海集團在海川也是生意做得風生水起的。」

單燕平說：「好了傅華，不要這麼說，我沒你想像的那麼發達的。誒，這就是在拍宣傳片吧？這個女孩真是很漂亮啊。」

傅華聽了說：「是的，這個女孩名叫許彤彤，是這部片子的女主角，在那兒指揮拍攝的就是片子的導演尹章。」

單燕平不覺莞爾道：「這就是著名的大導演尹章啊？他怎麼長成這個樣子啊，我怎麼看他都像一隻猴子。」

傅華小聲制止說：「別說的那麼大聲，尹導演可是市裏請來的貴客，不好得罪的。老同學，你跑這麼大老遠來，找我有什麼事嗎？」

單燕平說：「是有點事想問問你，你現在方便嗎？」

傅華納悶地說：「什麼事情啊？」

單燕平說：「是關於那塊灘塗地塊的事，據說你當初參與了這塊土地的運作，你能不能跟我說說情況啊？」

傅華驚訝的道：「老同學，你不會在打這塊地的主意吧？」

單燕平笑了笑說：「是啊，我就是在打這塊地的主意，不可以嗎？」

傅華正色說：「我不知道你是因為什麼原因才會想打這塊地的主意，不過這塊地可是個燙手山芋，你可別被燙著。」

單燕平很有自信的說：「我既然敢伸手就不怕燙。」

傅華說：「你怎麼想到這個的，你們興海集團不是以物流行業為主的嗎？怎麼會插手地產業啊？」

單燕平說：「現在物流行業的利潤越來越低，我辛苦忙活一年，還趕不上人家開發一個樓盤所賺的利潤多呢，這樣子我還不明智的進入地產界等什麼啊?!」

傅華聽了說：「那你也不要去插手灘塗地塊啊？這個灘塗地塊是修山置業開發的，修山置業後來易主，這個項目就停了下來。現在的主人是中儲運東海分公司，這可是中字頭的大公司，你有能力從它的碗裏挖肉吃嗎？」

單燕平笑了笑說：「這些都不是什麼問題，主要是要看這塊地能不能賺錢。據我瞭解到的情況，你似乎是幫和穹集團爭取過這個項目，那你能不能告訴我，和穹集團對這塊地的看法是如何？」

「這些都不是問題？老同學，你的口氣有點大啊。你該不會已經在操作這件事了吧？」傅華不禁咋舌道。

單燕平佩服地說：「你還是那麼聰明啊，小學的時候，我就很佩服你的聰明勁，別的同學解不開的問題你都能解開，那時候我就覺得你將來一定會是個大人物。」

傅華自嘲說：「我現在可不是什麼大人物，替人跑腿的就是了。這麼說你還真是在操作這件事了？我聽人說，最近有人在鼓動要對灘塗地塊發起議案，要求海川市政府嚴肅處理這件事情。這不會是你搞出來的吧？」

單燕平反問說：「如果是我搞出來的，會怎麼樣呢？」

傅華苦笑了一下，說：「老同學，你這麼搞可就不僅僅是商業上的事了，這可是在玩政治，裏面是很複雜的，不是隨便人都能玩得轉的。」

傅華雖然跟單燕平這些年都沒什麼聯繫，但是畢竟同學一場，他不想看單燕平在這上面栽跟頭。

單燕平老神在在地說：「老同學，我知道自己在做什麼。你還沒告訴我，和穹集團對這塊地的看法呢，他們本來是想競標的，最後為什麼會放棄呢？」

傅華說：「和穹集團當時認為這塊地有利可圖才想競標的，之所以會放棄，是因為修山置業找人給他們施加了強大的壓力，迫使他們不得不放手。這下子你知道這塊地的複雜性了吧？你還想繼續爭取這塊地嗎？」

單燕平卻說：「老同學，不複雜就沒錢可賺了。」

傅華很佩服單燕平這種認定了某件事就咬住不放的精神，不過，灘塗地塊所涉及的各方關係太過複雜，並不是光靠一股精神就能解決的。這也是和穹集團雖然一直垂涎這塊利益，卻始終沒有真正下手的原因。

傅華忍不住勸說：「老同學，我知道你搞那個議案，是想讓海川市政府對修山置業和中儲運東海分公司施加壓力，逼他們把灘塗地塊吐出來。不過修山置業和中儲運東海分公司都不是那麼容易妥協的，尤其是中儲運，他們是中字頭的大公司，財雄勢厚，更不會輕易被海川市政府給嚇倒的。你可別打錯算盤，費了半天勁，到頭來還是一場空。」

單燕平語氣篤定地說：「老同學，謝謝你為我擔心，但你想過沒有，我既然敢這麼做，就有我的解決之道，要不然你當我蠢嗎？前面明明此路不通，我還要硬去碰壁？」

傅華看了看單燕平，單燕平一副很有自信的樣子，心中有些納悶，難道這個女人真的能夠把這個棘手的問題解決了？

這時，許彤彤拍完相關的鏡頭，朝傅華走來。

單燕平打趣說：「誒，老同學，這個女孩子來找你了，她跟你的關係似乎不錯啊，是你的情人吧？」

傅華趕忙搖頭說：「別瞎說，她跟尹章一起來拍片，是女主角，我是負責陪他們的。」

許彤彤走到傅華的身旁，看了一眼單燕平，問傅華說：「傅哥，這是你朋友啊？」

單燕平笑說：「我跟傅華是同學，我叫單燕平，請問你怎麼稱呼啊？」

許彤彤甜笑說：「我叫許彤彤，是天下娛樂公司的藝人。」

單燕平親切地說：「很高興認識你，我剛才看了你的表演非常棒，尹章選你來拍這部片子，真是太合適了，這部片子一定會因為你而大紅的。」

被人稱讚總是一件令人高興的事，許彤彤露出燦爛的笑容說：「謝謝你的誇獎，其實我還需要努力的。」

單燕平鼓勵說：「你已經表現很好了。誒，你們收工了嗎？」

許彤彤點點頭說：「導演說馬上就收工了。」

單燕平就轉頭對傅華說：「老同學，我挺喜歡尹章的作品，你幫我問問他，晚上我想請他們吃飯，不知道他能不能賞臉。」

這次的拍攝時間很緊迫，尹章未必會願意去應酬單燕平。傅華不敢確定尹章會不會答應這個要求，就說：「你等一下，我去問問他。」

傅華便把單燕平想請他吃飯的意思跟尹章說了。

尹章眉頭皺了一下，說：「傅主任，按說你開口了，我應該給你這個面子，但是我現在是在工作，如果今晚去跟你的朋友應酬，我怕明天會影響進度，這個可不行，所以抱歉了。」

傅華趕忙說：「尹導演你不要這麼說，是我讓你為難了，我去回絕我朋友就是了。」

尹章抱歉地說：「這樣吧，我過去跟你的朋友見個面，當面跟她解釋一下好了。」

尹章就和傅華一起去見單燕平。

單燕平看到尹章，激動地說：「尹導演，我看過您不少的電影，您真是太有才華了。」

尹章禮貌地跟單燕平握了握手，說：「很高興你喜歡我的作品，傅主任已經把你的意思跟我說了，我是來跟你說聲抱歉，現在是在工作期間，不能分心，所以無法參加你的邀請。」

單燕平不以為意地說：「您太客氣了，既然您沒有時間，那就算了，總不能耽擱您的工作嘛。」

尹章客氣地說：「你的心意我很感謝，我還有事情要忙，就這樣吧。」就走開了。

單燕平看向許彤彤，說：「彤彤小姐總可以賞臉跟我吃頓飯吧？」

許彤彤看了看傅華，尹章都拒絕了，她一個新人怎麼好出來跟人應酬啊。只是這個女人是傅華的朋友，拒絕的話，又怕傅華會不高興。

傅華看出許彤彤有些為難，就幫許彤彤婉拒說：「老同學，尹導演都說要忙工作不能出來了，恐怕他們晚上還要商量明天的拍攝計畫，彤彤小姐又怎麼有時間陪你吃飯呢？」

許彤彤立即歉意地說：「不好意思，我還是個新人，不好自己單獨行動的。」

單燕平笑說：「看來我今天不宜請客啦。那老同學，你不會也跟我吃飯的時間都沒有吧？」

傅華跟單燕平其實並沒什麼交集，本來也打算推拒，但單燕平話說到這份上，他就不好意思拒絕了，就笑笑說：「跟老同學吃飯的時間我還是有的，不過你要等我把天下娛樂公司的人安頓好了才行。」

傅華就等尹章他們收工回到海川大酒店，安排好他們，才跟單燕平出來吃飯。

第七章

窩裏反

睢心雄跟楊志欣之間的博奕已到了白熱化的階段，
兩方人馬都是神經緊繃的狀態，
自斷其臂很可能會讓睢心雄一方產生窩裏反。
此刻睢心雄心中一定是頗為煎熬，
這件事不論怎麼處理，他都會有所損傷。

單燕平選擇了海川新建的金碧大酒店宴請傅華，在包間裏坐下來後，傅華笑說：「老同學，不把你那口子叫出來見見面啊？」

單燕平卻搖搖頭說：「叫他幹什麼，他那個傢伙老實巴拉的，上了這個場面，手腳都不知道往哪擺，只會丟我的人。」

傅華忍不住替他抱屈道：「你這麼對你那口子可是有點不太公道啊，我聽說興海集團最初是他賺來第一桶金的。」

據說興海集團最早是靠單燕平的丈夫貸款買了一部車，跑長途辛苦實幹起家的。單燕平回憶說：「這我承認，我家那口子就是肯幹，下得了氣力，那時候他跑長途，能夠連續兩天都不睡覺，我們就是這樣才有了點錢。」

傅華讚嘆說：「你們現在就厲害了，興海集團在海川已經算是一家很有實力的公司了。」

單燕平很驕傲的說：「這個功勞就是我的了，公司業務的拓展完全是我一手操作的，沒有我，根本就沒有現在的興海集團。不過，興海集團也就在海川勉強還可以，放到更大的地方去，就算不上什麼了。」

傅華在單燕平臉上看到一種不滿足的渴望，不用說，這個女人也是強人型，野心勃勃。

傅華不禁笑說：「放到更大的地方去，老同學，你想放到多大的地方去啊？」

單燕平誇下海口說：「至少也得放眼全中國啊！老同學，我跟你說，我有個計畫，準備將興海集團的總部搬到北京去，只有在首都，興海集團的業務才能輻射到全國。」

傅華有點被這個女人的想法嚇到了，北京是什麼地方，寸土寸金，興海集團如果把總部搬到北京去，營運成本一下子要增加多少啊，恐怕興海集團賺取的利潤無法支持得住這個設想。

單燕平繼續說道：「老同學，你現在也算得上是北京人了，到時候你可要幫襯幫襯我啊。」

傅華不好說單燕平這個計畫有點不切實際，就笑了笑說：「你放心，你如果真的去北京，能幫忙的地方我一定幫的。」

單燕平滿意地說：「那就一言為定了。」

晚宴結束後，傅華回到酒店，在房間裏打電話給馮葵。

馮葵一接電話就說：「你怎麼還有空給我打電話啊？沒跟你的老同學多

敘敘舊？」

「你怎麼知道我遇到老同學了？」傅華納悶地問。不過隨即他就明白了，「是許彤彤跟你說的吧？」

馮葵促狹地說：「是啊，我本來打電話給許彤彤，是想看看你有沒有跟她在一起，結果她告訴我你去跟老同學見面了。誒，見到老同學是什麼感覺？有沒有後悔當初沒下手啊？你們倆續上舊情了沒有啊？」

傅華笑說：「誒，小葵，你就這沒意思了吧，吃什麼乾醋啊，跟你說我們只是同學好嗎，那時候我們都還是孩子，什麼都不懂的。」

馮葵哼了聲說：「我才沒吃醋呢。你們是小學的同學啊，算算年紀，她也該三十多歲了，你說你不是傻瓜嗎？放著許彤彤這麼嬌豔鮮嫩的花兒不摘，去跟一個三十多歲、相貌一般的女人糾纏個什麼勁啊?!」

傅華不禁埋怨說：「誒，你有個正經沒有啊？你再跟我開這種玩笑，我就不理你了。」

馮葵忍不住說：「我想逗你開心一下嘛，你這個人就是不識逗！好啦，不跟你開玩笑了，跟你說件正事，對你來說也算是一件好事。」

傅華反問：「什麼好事啊？不會又是哪朵嬌豔的花兒等著我去採吧？」

「你想得美！」馮葵笑罵說：「你要是敢不老實，看我不閹了你。」

「我好怕啊，」傅華假裝害怕地說：「切，這種話你也說得出口，你總算個大家閨秀，淑女一點好不好？」

馮葵笑說：「跟你說我淑女不起來嘛。喂，你到底還想不想聽我要跟你說的事了？」

傅華正色說：「想聽啊，到底是什麼事啊？」

馮葵說：「是嘉江省的事，你知道嘉江省前段時間跑去美國的那個商人羅宏明吧？」

傅華一聽羅宏明，就知道發生什麼事了，一定是胡瑜非把羅宏明舉報黎式申的資料給捅了出來了。胡瑜非總算是開始行動了，只是不知道他的這個行動帶來的後果會如何。

傅華說：「我聽說過這個人，這個人還在美國起訴過嘉江省，當時鬧得挺轟動的。據說他是被雎心雄設計逼走的。」

馮葵說：「現在有人遞了一份舉報資料給中紀委，不過這份資料並不是舉報雎心雄的，而是檢舉黎式申的，這份資料提供了很多證據，包括黎式申受賄、跟很多女人有不正當的男女關係之類的。那個羅宏明也夠陰損的，竟然將黎式申的床上動作都給錄下來存證。」

傅華說：「他這也是為了自保，跟黎式申、雎心雄這些狠角色作對，不多個心眼是不行的。那中紀委要如何處理這件事啊？」

馮葵說：「中紀委沒有直接處理這件事，而是批覆給嘉江省來處理，中紀委要求嘉江省迅速查明事情真相，確認羅宏明侵吞國有資產是不是被陷害的？查明情況後，及時向中紀委彙報。」

「怎麼會這樣子？」傅華詫異地道：「中紀委這是什麼意思啊，怎麼會把黎式申的案子交給雎心雄去處理呢？這不是縱容雎心雄做手腳嗎？搞了半天，這些高層還是想要官官相護啊！」

當初傅華曾經誆騙黎式申，說中紀委將舉報的事交由雎心雄來處理，沒想到當舉報資料真的進入到中紀委後，結果居然跟他瞎編的一樣，他心中未免有些諷刺的感覺。

「別這麼輕易下結論，」馮葵語帶深意地說：「中紀委可不是對雎心雄有好心，你好好想一想，就會知道這裏面是很微妙的。」

傅華沉吟了一下，很快就明白中紀委的真實意圖了。中紀委把案子交給雎心雄來辦，並不是想要掩護雎心雄脫身，而是要將雎心雄放在火上烤啊。

羅宏明從美國寄來的資料足可以證明黎式申的罪行，因而對黎式申根本就無需調查。這也就是說，中紀委將這個舉報資料交給嘉江省，調查的不是黎式申，是與黎式申相關的事。而黎式申是睢心雄在嘉江省大整頓活動當中樹立起來的樣板人物，是睢心雄整頓活動的象徵，調查這樣一個人物，矛頭等於直接對準了睢心雄和嘉江省的整頓活動。

睢心雄就算是明知這一點，也不敢敷衍。因為現在中紀委就是在看睢心雄的態度，如果睢心雄處理不當的話，不能達到讓中紀委滿意的程度，中紀委可以直接將案子提上更高單位去調查。

這個結果睢心雄肯定是不想看到的。對睢心雄來說，案子當然還是掌控在自己手中比較保險。可是要讓中紀委滿意，睢心雄就需要拿出誠意來，勢必要交出幾個像樣的屬下做替罪羊才行，這也逼得睢心雄不得不自斷其臂。

現在睢心雄跟楊志欣之間的博奕已經到了白熱化的階段，兩方人馬都是神經緊繃的狀態，自斷其臂很可能會讓睢心雄一方產生窩裏反。此刻睢心雄心中一定是頗為煎熬，這件事不論怎麼處理，他都會有所損傷。但現在又是他問鼎中原的關鍵時刻，稍有不慎，就有可能造成家族的全軍覆沒。

傅華露出理解的表情說：「我明白中紀委是想幹什麼了，看來這回夠睢心雄這混蛋喝一壺了。」

馮葵說：「是啊，我覺得就這件事來看，雎心雄即使不能說是大勢已去，起碼他的防線已經開始崩坍了。不過，你也不要因為這樣就放下戒心，你要小心這傢伙孤注一擲。所以沒什麼事的話，你還是趕緊回北京吧，別跟你的老同學黏糊了。」

傅華抗議說：「誰黏糊了，我在海川是在工作呢。再說，如果不安全的話，我在海川和北京也沒什麼差別啊。」

馮葵反駁說：「那可不能這麼說，你在北京的話，我在你身邊，我就能有辦法保護你的。」

傅華聽了，不禁失笑說：「我可是男人耶，就算是要保護，也是我保護你好不好？」

馮葵笑說：「你又犯大男人主義的毛病了。好吧，無論誰保護誰，你都趕緊回來吧，因為我現在又想要你了。」

傅華的心一下子被馮葵逗弄得心癢起來，但是傅華的工作還沒完成，自然無法離開海川回北京，只好克制住心底的欲念，笑罵說：「去，別勾引我啦，你這個小妖精。」

第二天，傅華繼續陪同尹章和許彤彤拍片。這次的取景地不在海邊，而是換成了天聖山。

天聖山是國家級的森林公園，山上頗多全真道派的名勝古蹟。這次許彤彤變成了一個嬌俏可人的女道士，在一座百年道觀中舞劍。

許彤彤舞劍的招式還頗有幾分架勢，看上去有如行雲流水，看得出公司對她做了一些相應的培訓，她自己也下了一番功夫。

正在緊張的拍攝時，胡俊森來了，他分管文化，所以過來關心一下。為了不打擾拍攝的進行，他遠遠地將車停好，然後徒步走過來。

傅華立即迎了上去，胡俊森讚不絕口地說：「這個許彤彤不錯啊，這幾招劍耍得有模有樣，還挺能唬人的。」

傅華笑說：「她可是科班出身，自然是演什麼像什麼了。您昨天沒來可惜了，有幾個鏡頭許彤彤美極了，像個仙女一樣。誒，胡副市長，您來的正好，有件事我想問您一下。興海集團的單燕平您知道吧？」

傅華對單燕平在他面前表現出來的那種自信的姿態，始終抱持著懷疑，不過，他這幾年工作重心在北京，對海川的事務雖然不能說不瞭解，但總有些距離，因此搞不清楚單燕平究竟是真有這個實力，還是在他面前吹牛。胡俊森之前分管海川市的工業，對海川的企業應該瞭解，所以傅華想從他那裏瞭解一下單燕平和興海集團的情況。

胡俊森點點頭說：「我當然知道了，別看這個女人相貌平平，但是頭腦卻相當精明，比起那些在商界打滾幾十年的老手一點也不差。咦，你問她幹什麼啊？」

傅華說：「也沒想幹什麼，她跟我是小學同學，昨天剛巧碰到了，晚上還一起吃了頓飯。」

「你們倆是同學？」胡俊森詫異地看著傅華說：「你們這一屆還挺出人才的嘛。」

傅華自謙說：「也沒什麼特別的人才，這些年冒出頭來的，就是她一個而已。胡副市長，您知道興海集團的實力如何啊？」

胡俊森反問道：「你對你這個同學這麼感興趣啊，不會是有什麼想法吧？」

傅華說：「昨天聽她講話的口氣很大，似乎她的企業實力很強。您知道，現在的企業主大多愛炫耀，只有一分卻能說成十分，我覺得她是故意吹牛給我聽的。」

胡俊森搖搖頭說：「你太小瞧你的這位同學了，別的企業我不敢說，興海集團的實力絕對是真的，你這位同學在業務拓展上是一位高手，興海集團算是在她手中崛起的。誒，她跟你說了什麼，竟讓你認為她是在吹牛啊？」

傅華說：「她說她想把興海集團的總部遷到北京去，要在北京放眼全中國。」

「她想把興海集團的總部搬到北京去？」胡俊森驚訝的道：「不行，這個海川一定要儘量阻止。誒，我不能陪你看了，我得趕緊趕回去，想辦法阻止興海集團這麼做。」

一個企業的總部設在什麼地方，直接關係到這個企業稅收的繳納，如果興海集團總部從海川搬到北京，那大部分的稅收就會繳納給北京市政府，因此對海川的稅收有不小的影響，胡俊森著急也正因為這個。

傅華一把抓住轉身要走的胡俊森，說：「胡副市長，你這是要去哪裏啊？」

胡俊森愣了一下，說：「我要回市裏啊，我不是跟你說了嗎？」

傅華不禁莞爾，提醒說：「胡副市長，你回市裏幹什麼，現在分管工業的是何飛軍，不是你。你分管的是文教衛生，你該在的地方就是這裏。」

胡俊森這才恍然，有點無奈的笑笑說：「你看我這個腦子，一著急我就忘了。算了，我還是老老實實的管我的文教衛吧。」

傅華打趣說：「看您這麼緊張，可見興海集團的實力不俗了？」

胡俊森點點頭說：「你這個老同學這兩年業務拓展的很大，是市裏面實打實的利稅大戶，如果她把總部搬去北京，那對海川市來說將是一筆不少的損失。」

傅華聳聳肩，無所謂地說：「我覺得您沒必要擔心什麼，把總部搬去北京哪有那麼容易啊？北京也不是什麼企業都可以把總部設在那裏的。」

胡俊森卻緊張地說：「傅主任，你太不瞭解你這個老同學了，你以為她就是一個簡單做物流的嗎？她現在業務規模做得這麼大，肯定有一些支持她的關係。我不是很具體清楚這些關係是些什麼人，不過我想在北京，她肯定有可以依靠的關係，據我所知，興海集團的客戶名單當中，是有一些總部在北京的國有大型企業的。」

傅華愣了一下，說：「這麼說她要把總部搬去北京倒也不是不切實際了。奇怪，興海集團既然把業務觸角伸展到北京，單燕平怎麼從來沒跟駐京辦打交道呢？我這個老同學跟我也太見外了。」

胡俊森說：「這我就不瞭解了。不過興海集團開始坐大，也是最近一段時間的事，那些大型國企在最近才陸續成為她的客戶，興海集團的業績也因此有了突飛猛進的發展，我猜測原因很可能是因為單燕平跟北京某一位實權人物建立起了可靠的關係，所以她找不找駐京辦對她的業務影響不大。」

聽胡俊森這麼說，傅華馬上就懂了，單燕平肯定是因為搭上了某個後台夠硬的關係，才幫興海集團開拓成現在這個局面；這大概也是為什麼單燕平那麼有信心能夠從中儲運手裏拿下灘塗地塊的原因吧。

傅華對此倒不覺得意外，說到底，一家企業要成功，通常需要靠強有力的關係為助力的。

胡俊森懊惱地說道：「唉，我原本還想說服興海集團在海川新區開發一個倉儲基地呢，這下子估計沒戲了。」

傅華聽了說：「那可不一定啊，興海集團總不會在海川連根拔起吧？」

胡俊森說：「那倒不會，不過他們既然要把總部搬到北京去，肯定就會減少在海川的投入，建大型倉儲基地的可能性就不大了。誒，傅主任，你說這件事我要不要跟何副市長說一聲啊？」

傅華不禁心想：比起何飛軍來，胡俊森其實才更適合管理海川的工業，但是世界就是這樣子荒謬，適合的人無法在其位，不適任的卻占著茅坑不拉屎。便建議說：「胡副市長，我勸您還是不要多這個事了，恐怕說了，何飛軍不但不會感激您，還會覺得您是在跟他爭權呢。」

胡俊森想了想說：「這倒也是。不過興海集團要將總部搬走不是件小事，最好還是讓何副市長知道，我一會兒打個電話知會他一聲好了。」

傅華心知胡俊森這是對工作的負責，不過何飛軍卻未必有這種對工作負責的精神，就怕胡俊森這個釘子是碰定了。

胡俊森就當傅華的面撥電話給何飛軍，何飛軍過了好一會兒才接了電話，開口語氣就很不耐煩的說：「胡副市長，什麼事啊？你可不要跟我說又要我幫你協調什麼新區的事啊。你那個新區這事那事的，煩死人了。」

胡俊森尷尬地說：「不是的，何副市長，不是新區的事。」

何飛軍這才說：「不是新區的事就好。說吧，找我幹嘛？」

胡俊森好意地說：「是這樣的，我剛剛聽到一個消息，說是興海集團有意把總部搬到北京去，就想跟你說一聲，看是不是採取什麼措施儘量挽留一下興海集團。」

何飛軍果然很不高興，語氣不善的說：「胡副市長，你這什麼意思啊，你這是要教我怎麼做事嗎？」

胡俊森耐著性子說：「不是，我是覺得興海集團最好還是能夠留在海川。」

何飛軍沒好氣地說：「這還用你說嗎！不過企業要不要留在海川，有他們的自由，市裏面也不好干涉太多；再說，海川又不是少了興海集團就不行了。」

胡俊森聽何飛軍的態度明顯並不積極，有些著急地說：「可是，何副市長……」

「可是什麼啊，」何飛軍不悅的說：「行了，這件事我知道了，就這樣吧。」說完就扣了電話，搞得胡俊森一臉的鬱悶。

傅華早知道會是這種結果，就勸慰說：「好了，胡副市長，那個人就是這樣，不值得跟他生氣的。」

胡俊森不免埋怨說：「這個何副市長怎麼可以這麼不負責任啊？」

傅華趕忙轉移話題說：「胡副市長，您看許彤彤舞劍的姿勢多美啊，這樣的美人美景，您再去想那些齷齪的事，多煞風景啊。」

胡俊森笑了起來，便不再糾結地說：「這倒是。你別說，許彤彤舞這幾劍還真有幾分俠女的味道呢。」

海川市政府，副市長何飛軍辦公室。

何飛軍一掛斷胡俊森的電話，脫口就罵道：「胡俊森，你算老幾啊！憑什麼對我指手劃腳的？你以為你還是分管工業的副市長嗎？老子才是分管工業的副市長好不好？」

這一激動，何飛軍覺得腦門開始生疼起來，同時還感覺一陣陣的噁心。這是那次他在孫守義辦公室撞辦公桌留下的後遺症，醫生說這是腦震盪的正常現象，需要一段時間才可以完全恢復。

其實何飛軍當時並不是真的要自殺，他才沒有那種慷慨赴死的決心，只是想嚇嚇孫守義而已。但嚇人也不能一點力度都沒有，一點力度都沒有就會被人識破他是在虛張聲勢了。所以何飛軍在撞桌子時，用了不少的力氣。

不過要想撞得恰到好處，並不容易，何飛軍顯然並沒有掌握這門技術的訣竅，所以沒拿捏好分寸，把自己真的給撞暈了。不過這點苦頭吃的算是很值得，還真嚇住了孫守義和姚巍山，所以讓他保住了原來分管的工業部門。

只是何飛軍也明白他算是把孫守義和姚巍山給徹底得罪了。這倆人現在一看到他，都是一臉的不屑，對他愛搭不理的。這種處境當然很尷尬，不過相比起去做分管最不重要的文教衛生來說，何飛軍覺得十分值得。

雖然分管工業和分管文教衛生同是副市長，級別一樣，但是因為分管的業務不同，享有的權力就有很大的不同，所享受的待遇也有很大的差別。

分管工業的副市長很風光，每天夾著公事包去參加各種會議，身前身後總是一群人前呼後擁，辦公室裏總有一堆的人等著找他，各種宴會都參加不過來，成天忙得團團轉。當然，也代表從中可以撈取到的好處相應的多了很多。

而分管文教衛生的副市長則是另外一種境況了，辦公室雖然不能說是門可羅雀，但找上門來的都是一些教師醫護之類的人，不是職稱出了什麼問題，就是在單位受了什麼不公平的待遇來申訴的；另一方面，文教衛生所管的部門大多是些窮部門，就算是留你吃頓飯，檔次也上不來，根本沒有企業那種動輒上萬的宴請能力，加上分管事務涉及的利益太少，能收到的好處有限，因此分管文教衛生的副市長很多時候過得還不如下面有實權部門的領導呢。

兩者的差別因為實在是太懸殊，這也是為什麼何飛軍豁了命也要跟孫守義爭上一爭的主要原因。

這次網上出現的那個嫖妓的帖子，何飛軍看到的當下，立即就猜到這是孫守義玩的把戲。因為他當時根本沒有向警方透露身分，知道他被抓這件事的人，除了傅華之外，就是孫守義了，頂多還有一個在北京治病的金達。

傅華跟他雖然彼此看對方不順眼，但是他現在跟傅華沒有什麼直接的衝突，傅華應該不會搞出這種帖子來針對他。金達又半身不遂，躺在床上連自主活動都很難，更不可能上網發什麼帖子了，那剩下的只有孫守義了。

而這個帖子給何飛軍造成的最直接後果，就是顧明麗出手教訓了他。

當時顧明麗看到這個帖子後，馬上就把何飛軍叫回家。何飛軍一進家門，顧明麗什麼也沒說，上來就衝著他的左眼狠狠地來了一拳，他的眼窩當時就烏青了。

何飛軍立時被打懵了，但這還只是剛開了個頭，何飛軍還沒回神過來，緊接著顧明麗就用雙手抓撓何飛軍的臉，顧明麗尖利的指甲劃破了何飛軍的臉，血流了下來。

第八章

索取回報

李衛高想要買化工賓館，

姚巍山知道這是李衛高在向他索取回報了，

不管怎麼說，這段時間李衛高對他的幫助很大，

姚巍山也不想讓李衛高白幫忙，適當的回報也是應該的。

就說：「老李，這件事我會幫你留意的。」

何飛軍看顧明麗的架勢是想跟他拼命，趕緊抱住顧明麗，不讓她有進一步傷害他的空間，嘴裏叫道：「你瘋了嗎？你還讓不讓我見人啊？」

「見什麼人啊，」顧明麗氣急敗壞地嚷道：「你個沒羞恥心的混蛋乾脆死了算了，嫖妓這種混帳事你都幹得出來，你還有臉見人嗎？」

何飛軍原本還想抵賴幾句的，但是看顧明麗大聲嚷叫就慌了，趕忙制止說：「你別嚷得這麼大聲好不好？」

顧明麗大聲叫道：「我就嚷嚷怎麼了，你敢做難道不敢當嗎？」

何飛軍道：「你個傻女人，你嚷得全世界都知道，我這個市長就不用幹了。這樣就中了孫守義的計了。」

顧明麗道：「怎麼還扯上孫守義了？你做的事跟孫守義有什麼關係？」

何飛軍分析道：「你難道還看不出來嗎？那帖子根本就是有人想整我。當初事發的時候，傅華早跟孫守義彙報過的，因此孫守義是知道這件事的。」

「整死你也是活該！」顧明麗恨恨不休的說。

不過話雖這麼說，顧明麗卻停下了要去抓撓何飛軍的動作，她終究還是顧忌這件事情鬧大，會影響到何飛軍的職務，所以只好偃旗息鼓，不跟何飛軍爭鬥。但是除了在人前，顧明麗對何飛軍還假作他們夫妻和睦，在私下的場合，顧明麗早已跟何飛軍冷戰不說話了。

何飛軍努力地賠不是，顧明麗仍然不肯原諒他，甚至不拿正眼瞧他，搞得何飛軍家這陣子死氣沉沉，就像一個氣溫降到冰點以下的冰窖一樣。何飛軍心裏為此罵遍了孫守義的十八代祖宗。

何飛軍正心煩著呢，胡俊森卻不識好歹的打電話來，講的還是工業方面的事，這怎能不讓何飛軍更加惱火?!

頭疼噁心讓何飛軍知道他的情緒有點波動太大，趕忙深吸了一口氣，閉上眼睛，把後背靠在椅背上，想儘量讓情緒平復下來。手機卻在這時候再次響了起來，鈴聲驚得何飛軍的腦袋一撅一撅的疼痛。

何飛軍煩躁的罵了句混蛋，強壓著頭疼，拿起手機看了看顯示的號碼，居然是顧明麗打來的，他可不敢不接，趕忙按下接聽鍵，強笑說：「明麗啊，找我什麼事啊？」

顧明麗冷冷的說：「不是我找你，一想起你做的那些事我都感到噁心，恨不得離你越遠越好。」

何飛軍心想：你要是真有這個決心，還不早就離開我了?!還不是因為我是海川市的副市長，你才不捨得離開的！

何飛軍陪著小心說：「好了，明麗，我那是一時糊塗，我都跟你認過很多遍錯了，你也該氣消了吧。」

顧明麗嗤了聲說：「你想得倒美！好了，我懶得跟你廢話了，我打電話給你是因為吳老闆要找你，他想問一下歐吉峰幫你辦營北市市長的事情究竟還有沒有戲了。」

何飛軍的腦袋馬上就更疼了，歐吉峰是他覺得另一個更麻煩的事。歐吉峰一直找種種的藉口把承諾的日期往後延，何飛軍也不是傻瓜，早已猜到歐吉峰九成九是無法讓他當上營北市的市長了。

之所以還不到十成，是因為何飛軍總還有一絲的僥倖心理。但是即使何飛軍明知歐吉峰是在騙他，卻不想把這個騙局給拆穿，這並不是他好心不想追究歐吉峰，而是擔心在追究歐吉峰的同時，也暴露自己買官的事。

但問題是向歐吉峰買官的那三百萬是吳老闆掏腰包付的，吳老闆肯定不會願意看到這三百萬打了水漂，必然會追究要歐吉峰把三百萬給吐出來，所以這段時間何飛軍十分不願意跟吳老闆有所接觸。

何飛軍叫道：「吳老闆究竟是什麼意思啊？什麼有戲沒戲，這個歐吉峰不是他找來的人嗎？」

顧明麗說：「吳老闆介紹歐吉峰不假，不過你跟歐吉峰也接觸了這麼長時間，難道對他就沒個基本的判斷嗎？」

何飛軍遲疑地說：「基本判斷肯定是有的，不過吳老闆想幹什麼啊？」

顧明麗說：「你先別管吳老闆想幹什麼，你就告訴我你感覺這歐吉峰靠不靠得住？」

何飛軍無法再假裝說歐吉峰沒問題，只好說道：「明麗啊，我越來越覺得這個歐吉峰是個騙子，營北市市長可能拿不到了，不然的話，我也不會拿命去爭取保住原來的位置的。」

顧明麗說：「你是這樣子看的啊，那行，我跟吳老闆說一聲。」

何飛軍緊張地問：「先等等，你告訴我你要怎麼跟吳老闆說。」

顧明麗不明究理地說：「這還需要怎麼說嗎？如實告訴吳老闆不就結了？」

何飛軍問：「那吳老闆會怎麼辦呢？」

顧明麗奇怪地說：「這還用問嗎？他肯定會去北京找歐吉峰算賬的，起碼要把那三百萬拿回來吧？」

何飛軍立即阻止說：「這可不行，這樣吳老闆就會把我找歐吉峰買官的事給公開化了，那我可就慘了。」

顧明麗為難地說：「那怎麼辦，總不能騙吳老闆說歐吉峰還能幫你辦成這件事吧？」

「現在就是想騙恐怕也不行了，已經這麼長時間，歐吉峰一直無法辦成，吳老闆肯定也察覺事情不對勁了。都是你，聽吳老闆瞎攛掇就要幫我買官，這官也是隨便就能買的啊？」何飛軍發著牢騷說。

顧明麗不高興的說：「你別出了事就來埋怨我，當初我跟你說吳老闆願意幫你買官的時候，你不也是高興得跟什麼似的啊？行了，事情已經這樣了，你就別說這些沒用的了，你告訴我你想怎麼辦就是了。」

何飛軍說：「我倒是有個辦法，但恐怕吳老闆不一定會接受。」

顧明麗喝斥說：「什麼辦法，別吞吞吐吐的，你說就是了。」

何飛軍說：「我想讓吳老闆放棄這筆錢，不要去追究歐吉峰。不追究就不會把我買官的事給捅出來，只有這樣，才能保證我沒事。」

顧明麗質疑說：「這能行嗎?那可是三百萬呢，吳老闆就算是有錢，也不能就這麼白扔了啊。」

何飛軍說：「也不是說讓他白扔三百萬，你跟他說，他原來的計畫肯定是行不通了，但他可以來海川做生意，只要在我這個副市長的分管範圍之內，他想做什麼生意我都會儘量幫他的忙，以彌補他這三百萬的損失。」

這對何飛軍是一個迫不得已的辦法，這等於是他損失了可能收到的三百萬好處費。但是他不這麼做又不行，吳老闆是生意人，他付給歐吉峰三百萬，是期望獲得比三百萬更大的好處回來，讓他白扔三百萬肯定是無法接受的。

「這樣啊，」顧明麗想了想說：「這倒是可行，我先跟吳老闆說一聲，看看他的意思吧。」

何飛軍說：「他最好同意這麼辦，說起來歐吉峰本來就是他找的人，歐吉峰靠不住，他應該早就知道，我這麼對他也算是仁至義盡了。如果這樣他都不同意，那隨便他怎麼去折騰吧，大不了我不承認有這麼件事就是了。」

「那行，你等我把你的意思轉達給吳老闆，吳老闆有什麼回話我再跟你說。」顧明麗說。

何飛軍說：「行，你去跟他說吧。」

顧明麗就掛斷了電話。

過了十幾分鐘，顧明麗回話說：「我跟吳老闆說了，吳老闆說他對歐吉峰的事感到很抱歉，他也沒想到會是這樣一個結果。」

何飛軍急著想知道結果，便催促說：「別說這些沒用的，他究竟說沒說打算怎麼辦啊？」

顧明麗說：「他說過兩天會去海川看望你，當面跟你商量，順便看看海川有什麼他能做的生意。」

這也就是說吳老闆同意按照他的辦法去做了，何飛軍鬆了口氣，他已經得罪了孫守義和姚巍山，實在經不起再讓吳老闆鬧出買官這齣醜聞了。

何飛軍當即允諾說：「那行，我就等他來見我吧。」

吳老闆和歐吉峰的事總算是暫告一個段落，何飛軍這才回過頭來想起胡俊森所說的興海集團要搬到北京去的事。

興海集團是海川的利稅大戶，雖然還不到對海川經濟舉足輕重的地步，但是這樣一個大戶從海川搬走總是不好。作為分管工業經濟方面的副市長，對此自然不能不聞不問。

不過何飛軍跟單燕平關係很一般，僅限於認識而已，單燕平對他這個副市長也似乎根本就瞧不上眼，跟他碰面時頂多是打聲招呼而已，從來就沒有熱情招呼過。

何飛軍想了一下，決定還是把這件事往上彙報給市長姚巍山。雖然可能會讓姚巍山嘲笑他無能，但是起碼不能讓姚巍山有機會拿這件事找他的麻煩。何飛軍就去了姚巍山的辦公室。

姚巍山看到何飛軍來了，臉馬上就沉了下去，何飛軍自殺鬧得他和孫守義很是狼狽，讓他這個代理市長很沒面子，灰頭土臉不說，還給人留下一個掌控局面能力不足的印象。姚巍山因而心理上有很大的挫敗。

正所謂愣的怕橫的，橫的怕不要命的，姚巍山心中難免對何飛軍有所畏懼，不敢輕易去招惹何飛軍，怕何飛軍再鬧出類似的事讓他下不來台。

何飛軍看到姚巍山的表情變化，裝作視若無睹地說：「姚市長，有件事我要跟你彙報一下。」

姚巍山看了何飛軍一眼，這傢伙又要搞什麼啊？便沒好氣的說：「什麼事啊？」

何飛軍說：「胡副市長跟我說，他聽聞興海集團有將總部搬離海川的意思，興海集團是我們市裏的利稅大戶，他們搬走對我們來說肯定會是不小的損失，您看市裏面是不是要去出面挽留一下？」

姚巍山心說：你不是爭著要分管工業嗎？出了事你去處理啊，找我幹什麼?!就有些不太想管這件事，便說：「何副市長，這是你的分管範圍，你去處理就好了。」

何飛軍看出來姚巍山這是故意在為難他，就笑了一下，說：「姚市長，我如果能處理好這件事，就不會來麻煩您了。我跟興海集團並沒有太多的接觸，想靠我來出面挽留他們，恐怕是做不到的。現在事情我彙報給您了，您看著辦吧。」

看何飛軍說話一副有恃無恐的樣子，姚巍山心裏氣就不打一處來，不耐地說：「好了，這件事我知道了，我會處理的。你回去吧。」

何飛軍揚長而去後，留下姚巍山在辦公室一肚子的憋屈，心裏暗道：一定要想辦法趕緊處理掉這個何飛軍，不然成天對著這麼一個無賴，被欺負，他這個市長幹的還有什麼意思！

不過姚巍山也跟興海集團不熟，如果就這麼貿然找上門去，很難不碰釘子。想了想，姚巍山決定去找孫守義，把這件事告訴孫守義。

孫守義聽了，諷刺地說：「何飛軍怎麼自己不去處理啊？」

姚巍山大吐苦水：「那傢伙就是鬧騰著爭權奪利有本事，真遇到事就沒轍了，我讓他去處理，他居然說沒辦法，還說事情都報告給我了，讓我看著辦，態度囂張至極。」

孫守義現在跟姚巍山可謂同仇敵愾，氣憤地說：「這傢伙大概是認為他鬧自殺，我們就不敢對他怎麼樣了，這樣下去可不行。」

姚巍山認同地說：「是啊，我們要想個辦法處理何飛軍才行，不然他真要騎到我們頭上拉屎了。不過，當務之急還是要趕緊處理興海集團的事。孫書記，我來海川後，還沒跟興海集團打過交道呢，一時之間我也沒辦法挽留興海集團的。」

孫守義現在跟姚巍山利益一致，於是爽快地說：「我跟單燕平打過幾次交道，這件事交給我吧，我來約單燕平，看看能不能跟她打個商量。」

孫守義也很想見見單燕平，不僅僅是因為興海集團總部搬出海川的事，而是他很想弄清楚單燕平鬧騰修山置業灘塗地塊的事，究竟是為了什麼。

姚巍山看孫守義把事情承攬下來，就說道：「孫書記，那就麻煩您了。單燕平突然想將興海集團總部搬走，是不是想從政府這邊謀取什麼好處啊？如果是這樣，您不妨跟他們商量一下，政府可以給他們適當的優惠或者讓步的。」

孫守義點點頭說：「行，我會斟酌著辦的。我先打個電話給她，約時間見面。」

孫守義就撥了單燕平的電話，說：「你好啊，單董，我孫守義。」

單燕平笑說：「是孫書記啊，您找我有什麼指示嗎？」

孫守義說：「指示不敢，只是有些事想跟單董見個面聊聊。你現在在公司嗎，我過去拜訪你行嗎？」

單燕平聽了趕忙說：「這怎麼好勞駕您呢，這樣吧，還是我去拜訪您比較合適，您告訴我地方，我馬上就過去。」

孫守義就說：「我在市委辦公室呢，你過來吧，我等你。」

「好，我馬上就過去。」單燕平立即答應道。

孫守義掛斷電話，對姚巍山說：「單燕平一會兒過來，你是跟我一起見她，還是先回避一下？」

姚巍山思索了下說：「還是你先跟她談吧，我還有事情要處理，先回去了。」就先離開了。

過了一會兒，單燕平來到孫守義的辦公室。

孫守義迎了上去，跟單燕平握了握手，說：「單董啊，你現在生意可是越做越大了。」

單燕平笑了笑說：「馬馬虎虎吧，這都是市裏的領導對興海集團大力支持的結果。」

孫守義應酬說：「不要這麼說，市裏對你們的幫助有限，你們能發展的這麼好，與你們自身的努力是分不開的。誒，單董，你是海川市本地人吧？」

單燕平笑說：「道地的海川土著。」

孫守義聽了，問說：「那你對海川就是有感情的了？」

單燕平說：「那當然，這裏可是我的家鄉，我怎麼會對它沒感情呢？」

孫守義又說：「那單董對我們海川市委和市政府可有什麼意見？比方說，某些方面我們做的不好或者不到位之類的，有的話直接提出來，我們一定會改正的。」

單燕平有點搞不懂孫守義的意思，便笑笑說：「孫書記，您這是想做什麼啊？不會是要對企業做隨機調查吧？」

孫守義回說：「這倒不是，是這樣的，我聽說興海集團想要把總部搬出海川，所以就想來問問，究竟海川什麼地方做的不夠好，才會讓你有這種想法的。」

「這個傅華！」單燕平不禁脫口說道：「他的嘴怎麼這麼快啊。」

傅華？孫守義愣了一下，這裏面怎麼還有傅華的事啊?!孫守義本就對傅華有心結，聽單燕平提到傅華，很自然的就往壞處想，心說：難道單燕平鬧騰灘塗地塊的事與傅華有關？他記得傅華曾經就這個項目向金達發難過，該不會現在這傢伙又把目標對準他了吧？

這可不能不警惕，孫守義問道：「你是說駐京辦的主任傅華？這件事是你跟他說的嗎？」

單燕平不疑有他，便說：「是啊，我跟傅華是同學，他這次回海川，我請他吃飯。吃飯的時候，我告訴他要把公司搬到北京去的構想，沒想到他馬上就跟您作彙報了。您這個屬下還真是稱職啊。」

想不到傅華跟單燕平居然是同學啊，那灘塗地塊是傅華在背後搞事的可能性就更大了。

孫守義心中更加懷疑了，表面上卻仍客套地說：「傅華同志是我們海川市的一員，自然不希望看到海川蒙受損失的。誒，單董，你為什麼要把總部搬走啊？能不能改變這個計畫？市裏可不想看到在海川成長起來的企業就這麼離開海川啊。」

單燕平解釋說：「孫書記，我想把總部搬走，並不是因為海川市政府有什麼地方虧待興海集團，而是海川偏安於一隅，對我們企業的發展並不利，北京則是全國的中心，我們去北京，就可以把業務輻射到全國了。」

孫守義試圖勸道：「話是這麼說，但是北京總不如我們海川市對你這麼支持吧。海川總是你的家鄉，你什麼都熟悉，也比去北京人生地不熟好啊！」

單燕平笑說：「這我承認。不過孫書記，總窩在家中的孩子是長不大的，我們興海集團已經到了一個發展的瓶頸期，繼續留在海川的話，就會失去一個突飛猛進的發展機遇了。」

孫守義對這個女人的戰略眼光很佩服，不過，他也不想失去這隻已經長大了的金雞母，就遊說道：「單董，留在海川也可以有大發展啊，如果你覺得市裏面對你們興海集團的支持力度不夠，我們是可以加大支持的力度，要什麼政策，你都可以跟我提出來，只要不是違規違法，海川市一定大力支持你的。」

單燕平委婉地說：「孫書記，很謝謝您對我們企業的重視，不過僅僅有政策方面的支持，對我們集團的發展遠遠不夠，我們需要一個更廣闊的市場，雖然您可能給我的政策很優惠，但是我卻無法接受，當初『美國戴爾』被廈門市政府一棟辦公大樓就收買了，卻失去了一次大好的發展機遇，我不想重蹈他們的覆轍。」

「美國戴爾」的中國總部設在福建廈門，當初戴爾想將總部遷到上海去，廈門市政府知道後，為了挽留他們，就給戴爾很多的政策優惠，其中就包括贈送一座辦公大樓給戴爾。戴爾因此留在了廈門，結果失去了大好的發展機會，不得不拱手將中國市場極大的分額讓給了「聯想」集團。

孫守義聽到這裏，明白不可能將興海集團留在海川了。單燕平是個有雄才大略的女人，她絕不會因為海川市一點小小的好處，就放棄擴展興海集團版圖的行動。

單燕平又說道：「其實孫書記也不要太在意，我們又不是企業整體都搬走，很多業務興海集團還會繼續留在海川的。海川畢竟是生我養我的地方，我對這裏總有幾分感情。只是希望海川市政府不要因為我們的總部遷到北京，就對興海集團另眼相看啊。」

孫守義心說：什麼對海川有感情啊，商人重利，你是在海川有放不下的利益才對吧，嘴上卻說：「那怎麼會，你們留在海川的部分，也是在為海川市的經濟做貢獻不是嘛，單董放心好了，我們不但不會去為難興海留在海川的業務，還會在允許的範圍內儘量為你們提供幫助的。」

單燕平看了孫守義一眼，有些不信地說：「真的嗎？孫書記不會是在我面前只說好聽的吧？」

孫守義拍拍胸脯說：「我這人向來說到做到。這樣吧，我答應你，如果興海集團今後在海川遇到什麼麻煩，你直接來找我，我一定幫你解決。」

單燕平滿意地說：「是嗎，孫書記，既然說到這兒，正好有件事我想跟您聊一下。」

孫守義有一種預感，單燕平想跟他聊的，很可能就是灘塗地塊的事。這正中孫守義的下懷，他也正想打探一下單燕平對灘塗地塊的真實意圖。

他故作埋怨道：「單董，怎麼我一提出要幫你解決問題，你馬上就有事想要我幫忙了？你該不是早就埋下伏筆在等著了吧？」

單燕平笑說：「孫書記，您這可是冤枉我了，今天可是您突然想起來要找我的啊。現在我都開口了，你總不會讓我把話再咽回去吧？」

孫守義說：「那自然是不會了，只希望單董儘量不要跟我提什麼讓我辦不到的要求啊。」

單燕平說：「我哪敢啊？其實我談的這件事如果真的能夠順利解決的話，對您、對興海集團來說都是很有利的。」

孫守義裝作很感興趣地說：「對我們都有利，那可是好事啊。單董，你趕緊說出來吧，究竟是什麼事啊？」心裏卻腹誹說：你說得倒好聽，世上哪有兩全其美的事啊？恐怕這件事對你有利，對我就不利了。

單燕平開門見山地說：「是這樣的，我希望孫書記能幫我從修山置業手裏將灘塗地塊拿下來。」

孫守義心想：這個女人還真是直接啊，他笑笑說：「單董，這件事我可能無法幫你做到，你也知道那塊地是修山置業經過競標才得來的，別說我這個市委書記了，就是省委馮書記也不敢從修山置業那裏把這個項目強奪給你們的。」

單燕平說：「我也沒說讓您幫我強奪這個項目過來啊，我只希望您能夠給修山置業施加點壓力就可以了。修山置業拿這塊地，過程是有瑕疵的，他們的土地出讓金至今還未全部繳清，而且項目現在也是一個停工的狀態，海川市對此應該採取一些措施才對啊。」

孫守義為難地說：「但是現在我們是投鼠忌器啊，單董不會不知道修山置業現在的主人是中儲運東海分公司吧？」

單燕平點點頭說：「這我知道。」

孫守義說：「你既然知道，就該知道中字頭的公司都是財雄勢厚，我們海川也想追討土地出讓金，催他們儘快開工呢，就怕人家根本就不理我們，我們又不敢強制對方按照我們的要求去做，十分棘手。」

單燕平反問說：「孫書記的意思就是不敢摸中儲運的老虎屁股了？」

孫守義坦白地說：「不怕單董笑話，還真是這樣。我們的處境希望單董能夠理解，所以就請你不要再在人大鬧騰什麼針對灘塗地塊的議案了，那樣只會讓海川市政府進退兩難，並不能真的幫興海集團從修山置業手中奪走這個項目的。」

單燕平聽了說：「原來孫書記早就知道我在人大做什麼了，您真是好涵養，居然忍到這時候才提出來，這就是你們做領導的人所謂的城府吧？」

孫守義有些尷尬地說：「也沒那麼誇張啦。要不是你提出來，本來我是不想干涉這件事的，代表們都有提出議案的權利，我這個市委書記也不能隨便干預的。」

孫守義很清楚，這個議案一旦成案，對海川市委和市政府來說，都是一種無形的壓力，畢竟海川市政府在處理這件事情上存在嚴重的疏失。如果沒有人大的議案，海川市政府還能勉強含混過去，有了明確的議案之後，再想含混過關就很難了。

單燕平看了看孫守義，說：「孫書記如果不希望我搞這個議案，倒也是可以的。」

「那單董接下來是不是就要跟我提什麼條件了？」孫守義不禁問道。

單燕平提出要求說：「是的，條件很簡單，那就是孫書記讓海川市政府給修山置業下處分通知書，讓修山置業在限期內繳納全部的土地出讓金，同時責令這個項目儘快開工。」

單燕平說的這些條件跟她在人大提出的議案內容是一樣的，這個女人不是在耍弄人嗎？孫守義的臉色就不太好看了。

孫守義冷冷的說：「單董，我們聊的時間也不短了，我還有個會要開，今天就這樣吧。」

孫守義擺出一副送客的架勢，單燕平卻沒有要離開的意思，淡定地說：

「孫書記，您別這麼急著攆我走啊，您總不會連聽我把話說完的雅量都沒有吧？其實我要求市政府這麼做，也是為了您和海川好。」

孫守義哼了聲，說：「單董，你當我傻瓜啊，我可看不出來這麼做對我和海川市有什麼好處。」

單燕平笑了笑說：「您聽我說下去就明白了。我想請問一下孫書記，您難道想要把這個項目一直拖著不處理嗎？」

孫守義說：「那當然是不行了，不過現在的時機不合適，才會暫時把這件事放一放，一旦時機成熟，市裏肯定會處分這件事的。」

單燕平不留情地反駁說：「時機成熟，您別自欺欺人了好不好？現在的形勢很明確，只要中儲運還是修山置業的主人，您就不敢去動修山置業。目前來看，中儲運是不太可能放棄修山置業的。」

孫守義說：「海川市也並不一定非要去逼迫中儲運，目前這些問題只不過是中儲運新接手，才會造成這個局面，我們可以等到中儲運將修山置業理順了，再來處理這些問題的。」

單燕平笑了起來，說：「孫書記，你們要等到什麼時候啊？據我所知，中儲運因為溢價收購修山置業，遭到總公司的調查，業務陷入全面的停頓狀態。國企做事的風格您又不是不知道，沒個一年半載的調查，這件事是不會有什麼結論出來的。」

孫守義清楚單燕平說的不無道理，現在的國企管理風格，人浮於事，散漫拖拉。要這樣一個機構去調查修山置業的收購案，還真不會在短時間之內得出結論的。如此一來，欠繳的土地出讓金就無法催繳，這個項目也會一直停頓在那裏。這個狀態如果持續下去，對孫守義和海川市確實是很不利的。

單燕平接著說道：「孫書記，你們真的可以等嗎？現在所有的市民可都在盯著這個項目呢，你拖的時間越長，市民們對您和市政府的不滿就會不斷的增加，這對您在海川的執政也會有很不好的影響。」

孫守義無奈地說：「我知道很不好，但也總好過冒然的去中儲運那兒碰一鼻子灰吧？海川市如果發出催繳通知，結果卻無功而返的話，那可是會嚴重損害海川市政府的威信的。」

單燕平聽了說：「說了半天，您就是擔心擺不平中儲運罷了，如果我能夠幫你們免除這個後顧之憂呢？」

孫守義愣了一下，聊了這麼久，單燕平這句話才是重點，如果這個問題能解決的話，等於是去了他一塊心病，對孫守義來說是求之不得的。

孫守義好奇地說：「單董有辦法對付中儲運？」

單燕平笑說：「孫書記，您總算問了一句有水準的話。您想想，我如果沒辦法處理中儲運，我去折騰這些事幹什麼啊？」

孫守義納悶地說：「那你想怎麼解決這件事呢？」

單燕平賣著關子說：「我現在不方便跟您透露太多，我只希望海川市政府能夠發出催款通知給修山置業，剩下來的事，我自會處理的。」

孫守義認真思考著，他擔心這是一個陷阱，是傅華和單燕平挖好了坑在等他往裏面跳呢。但細想了一下，單燕平是個商人，絕不會把時間耗在無利可圖的事情上的。因此應該不會是陷阱才對。

接下來就是單燕平的能力問題了。不過孫守義隨即就釋然了，就算單燕平無法擺平中儲運又怎麼樣呢？頂多當海川市政府發出的通知作廢了而已。這倒是值得跟單燕平賭一把。

孫守義就答覆說：「那我就跟單董配合一次吧，回頭我就讓姚市長發催繳通知。通知發出之後，我會把情況跟你通報一聲。」

單燕平滿意地道：「那我就先謝謝孫書記了。」

孫守義不禁端詳起單燕平，這個女人真是不簡單啊，眼界開闊，思慮縝密，興海集團去北京後，一定會有驚人的發展的。這可是個值得一交的女人，孫守義心中就起了跟單燕平進一步交朋友的念頭。

他示好地說：「單董不用客氣，我們也是互相幫忙。誒，單董，我在北京有些朋友，興海集團去北京之後，如果有什麼地方我能幫上忙的，你儘管言語一聲。」

單燕平高興地說：「那太好了，我先謝謝孫書記了。」

單燕平又跟孫守義聊了幾句北京的情況，這才告辭離開。

孫守義等單燕平走了，就打電話給姚巍山，說：「老姚，我剛才跟單燕平聊過了，看來單燕平要將總部搬去北京的決心已定，留是留不住了。」

姚巍山遺憾地說：「這對海川的經濟可是一個不小的損失啊。」

孫守義說：「是啊，不過興海集團是私營企業，我們也干涉不了，他們要走就讓他們走吧。老姚，還有件事，前些日子你不是跟我說要去催修山置業繳納土地出讓金嗎？」

姚巍山說：「是啊，您說讓我暫時放一放。」

孫守義改口說：「這件事我認真的想了一下，老這樣拖下去也不是個辦法，市民也會覺得我們太過軟弱了。這樣吧，老姚，你讓相關部門給修山置業發個限期交款的通知，口氣嚴厲一點，告訴他們，如果不能及時繳納，海川市將會採取一定的懲罰措施。」

姚巍山遲疑說：「孫書記，您這麼做不怕惹到中儲運嗎？」

孫守義態度強硬地說：「惹到就惹到好了，我們總是政府部門，不能讓他們老這麼欺負。你該怎麼處理就怎麼處理吧，出什麼問題我來擔著。」

姚巍山立即回說：「好的孫書記，我馬上去安排。」

孫守義又交代：「還有，也給修山置業一份儘快復工的通知，那麼大一個項目矗立在海邊，挖土機、起重機都堆在那裏，老是不開工，也影響我們市的景觀啊。」

姚巍山應承說：「行，我會照你的指示辦理的。」

孫守義掛了電話後，姚巍山不禁奇怪說：「孫守義怎麼態度突然強硬起來了？」

坐在姚巍山對面的李衛高聽了說：「怎麼回事啊？」

原來姚巍山跟孫守義說他有事要處理，就是約了李衛高見面。

姚巍山說：「是這樣的，修山置業欠繳土地出讓金，孫守義處理這件事一直很軟弱，不敢發催繳通知，剛才態度卻突然丕變，不但讓我發通知給修山置業，還讓我把措辭寫得嚴厲一點，不知道是怎麼了。」

李衛高笑說：「這還不簡單，一定是靠上了某個更硬的靠山了。」

姚巍山點點頭，說：「很可能是這樣。」

李衛高說：「不去管他們了，我來是跟你商量一下，海川付給天下娛樂製作費的提成，你要怎麼處理？」

姚巍山暗自竊喜地說：「老李，我真沒想到天下娛樂給的提成會這麼高啊。」

李衛高笑笑說：「這次的製作成本很低，許彤彤是個新人，不需要太高的費用；加上取景都是海川現成的風景，無需搭景，這裏面唯一比較高的費用，也就是尹章的導演費了。誒，你別管那些了，就說這錢你要怎麼處置吧，是存銀行呢還是怎麼運用啊？」

姚巍山立即說：「不能存銀行，這麼一大筆數目存銀行，會馬上引起注意的。」

姚巍山以前不是沒收過好處費，但是一下子拿到幾百萬還是第一次，難免有些緊張，擔心事情洩露出去會害他坐牢。

姚巍山便說：「老李，還是提現好了，別存銀行了。」

李衛高點點頭說：「行，我來處理就是了。」

姚巍山感激地說：「這事讓你費心了。」

李衛高擺擺手說：「別客氣了，大家都有好處的嘛。」

姚巍山又想起了一件事，說：「老李，你說那個傅華會不會察覺到什麼啊？要不要也分一點給這個傢伙啊？」

姚巍山心裏暗忖：如果不想出事，最好是利益均沾，大家都有分，才不會有人覺得吃了虧而把事情給揭發出來，因此最好是也給傅華一份。

李衛高卻搖搖頭，他私下跟傅華做過接觸，很明白傅華的脾性跟他和姚巍山不是一路上的人。

李衛高說：「你最好離那傢伙遠一點，他不會拿這種錢的，你讓他知道了反而不是好事。」

姚巍山質疑說：「可是傅華跟黃易明是朋友，又跟許彤彤有密切的接觸，我擔心就是我們不告訴他，他也會知道這件事的。到時候別因為他沒得到好處，就把我們的事情給抖出來。」

李衛高不以為然地說：「姚市長，這點我覺得是你多慮了，就算黃易明告訴了傅華，傅華也不會把這件事給抖出來的。如果傅華抖出來，黃易明也要擔上行賄的罪名，且不說傅華會不會這麼對朋友，單就黃易明來說，傅華也不敢這麼做的。黃易明是什麼人，我想他比我們還清楚。除非他有膽量跟黃易明鬥上一場，否則他只能老老實實的閉上嘴巴。」

聽李衛高這麼一分析，姚巍山鬆了口氣，黃易明在道上是出了名的心狠手辣，想來傅華也不敢隨便去惹他的。

李衛高接著說道：「再說，傅華也不是一點好處都沒得到，那麼千嬌百媚的許彤彤被他睡了，這等於是中了頭獎，能得到那樣一個美人，他也該知足了。」

姚巍山忿忿地說：「是啊，一朵鮮花就這麼被他給糟蹋了。」

李衛高不禁笑了起來。

笑了一會兒，李衛高問道：「姚市長，有件事我想問你一下，聽說你們市裏的化工賓館準備要出售？」

化工賓館是原來化工局下屬的一家賓館，曾經有一個時期，海川的化工業還算發達，當時的海川市政府就設置了化工局對相關行業進行管理。後來產業升級換代，大多數的化工業因為污染、耗能高而被淘汰，化工局再保留下去就沒什麼意義了，很快也就被撤銷掉。而化工局原有的一些資產也開始陸續對外出售，其中就包括化工賓館。

姚巍山看了看李衛高，說：「對啊，怎麼，你想接手？」

李衛高說：「是啊，我看那家賓館地理位置不錯，雖然經營不善，但是如果買下來進行改造，應該會很賺錢的。」

李衛高想要買化工賓館，姚巍山知道這是李衛高在向他索取回報了，不管怎麼說，這段時間李衛高對他的幫助很大，姚巍山也不想讓李衛高白幫忙，適當的回報是應該的。就說：「老李，這件事我會幫你留意的。」

第九章

風向逆轉

政壇的風雲變幻莫測，才幾天，睢心雄還佔據上風，
甚至楊志欣也跑去嘉江省向睢心雄示好。
但是轉瞬間風向就逆轉，低調的楊志欣穩住了陣腳，
還有高升的可能，而睢心雄卻要為保住現在的位置竭盡全力。

此刻傅華正在濱海大道上看著許彤彤這朵鮮花拍攝呢。

今天許彤彤變成了一位在濱海大道上遊玩的遊客，一身休閒的打扮，T恤、牛仔褲，長髮在海風的吹拂下向後飄逸著，十足年輕女孩青春的氣息。

傅華感覺許彤彤古裝和時裝的扮相都十分上相，正看得入神時，他的手機響了起來，看看是胡東強的號碼就接通了。

「東強，環評報告的事情搞定啦？」傅華問。

胡東強說：「搞定了，我爸幫我找了一位環保部的領導，這位領導向東海省環保廳打了招呼，問題就解決了。誒，傅哥，我聽說你人在海川？」

傅華說：「是啊，我正在陪尹章拍攝海川市的形象宣傳片呢。」

胡東強聽了，大感興趣地問：「那你現在在哪裏啊，我也去瞧瞧。」

傅華意外地說：「你來海川了？」

胡東強說：「是啊，環評報告的事解決了，我還留在北京幹嘛啊，我昨天下午的飛機就飛海川了。」

傅華笑說：「那你過來吧，我在濱海大道上，你如果看到有人在拍片，我就在那兒了。」

胡東強的紈褲本性不禁又顯現了出來，趕忙問：「劇組裏有美女嗎？」

傅華笑了起來，說：「有哇，還是一位大美女呢，你趕緊來吧。」

胡東強不相信地說：「傅哥，你不是跟我開玩笑的吧？」

傅華說：「真的，你趕緊來，我介紹你們認識。」

過了半個多小時，胡東強就開著車來了。

停好車，胡東強一邊走向傅華，一邊卻時不時的看著正在拍攝的許彤彤，顯然許彤彤的美貌馬上吸引了他。

來到傅華面前，胡東強好奇地說：「傅哥，這個女孩還真是不錯。誒，她是那家公司的，叫什麼名字啊？」

傅華對胡東強這麼急色不以為怪，笑說：「你看上她啦？」

胡東強忙否認說：「什麼看上了，我是覺得她不錯而已。你的工作不錯啊，成天對著美女，真是享受啊。」

傅華笑了笑說：「看久了其實也無趣得很。」

胡東強不禁抱怨說：「你別身在福中不知福了。你還沒告訴我她叫什麼名字呢？」

傅華說：「她是天下娛樂公司的藝人，叫許彤彤。」

胡東強說：「能不能幫我介紹一下啊？」

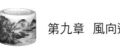

傅華笑說：「可以啊，等會兒他們休息的時候，她會過來，我再介紹你們認識。不過你可要小心點，這位小姐挺有心機的。」

胡東強不在乎地說：「有心機好啊，我就喜歡有心機的女孩。」

傅華笑說：「你是喜歡人家長得漂亮才對吧！」

過了一會兒，拍片告一段落，是休息時間，許彤彤果然走了過來。

傅華便說：「彤彤，我介紹一位朋友給你認識，這是天策集團的少東，胡東強。」

胡東強伸出手來，打招呼說：「你好，彤彤小姐，很高興認識你。」

許彤彤略微打量了一下胡東強，笑著跟胡東強握了手，說：「你好胡先生。」

美人嫣然一笑，胡東強立即感覺被電到了一樣，渾身酥麻，就有幾分不捨得鬆開許彤彤的手，緊握著許彤彤的手說：「彤彤小姐，你真漂亮啊。」

許彤彤看胡東強不鬆手，有些尷尬的看了一眼傅華，傅華趕忙白了胡東強一眼，說：「東強，彤彤拍戲很累了，你讓她坐下來休息一下吧。」

胡東強這才回神鬆開了手，許彤彤去傅華的身旁坐了下來。

胡東強涎著臉也過去坐在許彤彤的身旁，看著她說：「誒，彤彤小姐，你們還要在海川待多久啊？」

許彤彤回說：「大概兩天吧。。」

胡東強熱情地說：「那找個時間一起吃頓飯吧，我剛從北京過來，正好也想跟傅哥聚一聚的。」

許彤彤為難的看了傅華一眼，傅華替她婉拒說：「東強，彤彤這次的拍攝檔期很緊，那個尹導演是不放藝人出去應酬的，你就別為難她了。」

胡東強有些失望，隨即說：「彤彤小姐這次抽不出時間來那就算了，這樣吧，彤彤小姐留個聯繫方式給我，等回頭我回北京再約你出來，把這頓飯給補上。」

許彤彤又看了傅華一眼，傅華對胡東強這種黏上了就不放的牛皮糖式的泡妞方式又好笑又佩服，就對許彤彤說：「彤彤啊，胡少這麼有誠意，你就留個聯繫方式給他吧。」

傅華之所以幫胡東強，不僅僅是因為他跟胡東強是朋友，而是他也很願意促成許彤彤跟胡東強的交往。胡東強家世顯赫，天策集團又富甲一方，許彤彤如果能夠嫁入胡家，未嘗不是個好的歸宿。他攪黃了高芸和胡東強的婚約，心中也一直感到對胡家父子有些欠疚，希望能夠做出一些補償。

傅華這麼說了，許彤彤就不好不給胡東強她的聯繫方式了。就把手機號碼留給胡東強。

這時尹章又把許彤彤叫去拍攝，許彤彤走了後，傅華忍不住說：「東強，看來你很喜歡這個許彤彤？」

胡東強點點頭說：「對啊，我很喜歡她，她衝著我一笑時，讓我有種觸電的感覺。」

傅華正色說：「你是認真的，還是只想玩玩？我跟你說，這個女孩是個新人，還沒有那些娛樂圈的油氣，如果你只是想玩玩的話，我勸你還是算了。」

胡東強忍不住懷疑說：「傅哥，我看你挺保護她的，她好像對你也很信賴，你們之間是不是有什麼啊？如果她是你的人，那我就不沾她了。」

傅華立即否認說：「我是有老婆的人，不會去沾惹她的。我跟你說那些的意思，是希望你認真的談一段感情，趕緊給胡叔娶個媳婦回家。」

胡東強笑笑說：「傅哥，不瞞你說，我現在壓根沒有結婚的想法。我還這麼年輕，還想多玩幾年呢。再說，就算我有這個想法，我爸也不會讓我娶一個藝人回家的。」

「怎麼，胡叔對藝人有看法啊？」傅華問。

胡東強說：「以前我不覺得我爸對演藝圈的女人有什麼成見，這次不是因為關叔出事了嗎，我爸認為很大一部分原因都是因為那個楊莉莉的緣故。」

傅華不平地說：「胡叔把責任怪到楊莉莉身上，這就沒道理了吧？關偉傳是自己做事不夠檢點，又怎麼能怪楊莉莉呢？」

胡東強卻說：「這個楊莉莉也不是一點責任都沒有，我爸說關叔被查出來的不少犯罪的事，都是為了討好楊莉莉才那麼做的。我爸對此感到很遺憾，他說關叔本來做官還算老實，結果卻因為一個女人葬送了半生的仕途。他當時還警告我，叫我別再去跟演藝圈的女人黏糊，說演藝圈裏的女人沒一個好東西。」

傅華說：「雖然演藝圈是有些亂，不過胡叔也不能一棍子打死所有人啊。東強，最近有段時間沒聽到楊莉莉的消息了，她是不是跟關偉傳一起被抓啦？」

胡東強搖搖頭說：「楊莉莉倒是沒有被抓，但是因為她牽涉到關叔的案子，就被媒體封殺了，一些原本想找她演戲的計畫也因為這個換了人，我想她會沉寂好一段時間，大概要等關叔的案子影響消失了，她才能有機會復出。」

傅華感慨這個楊莉莉算是完蛋了，一個女演員的黃金時期其實也就幾年，楊莉莉在正當紅的時候退隱，等這幾年過去，她已經人老珠黃，即使復出也難有曾經的風光了。

傅華不禁問道：「睢心雄呢，他就沒出手幫楊莉莉一把？」

胡東強冷笑一聲，說：「睢心雄那個傢伙才勢利呢，他怎麼會在關叔出事後還敢招惹關叔的情人啊！那樣不等著高層查他嗎？當然是離楊莉莉越遠越好。更何況他現在自顧尚且不暇呢，根本就沒有精力去管楊莉莉的事了。」

傅華有些替楊莉莉抱不平，說：「這個楊莉莉也是夠倒楣的，她靠向睢心雄估計也是想找個靠山，哪知道睢心雄這個靠山也靠不住。誒，東強啊，既然你沒有要對許彤彤認真的意思，那你最好是不要去招惹她了。」

胡東強看了傅華一眼，意有所指的說：「傅哥，如果你沒把她當做你的禁臠的話，你就別管這件事了。大家都是成年人，要做什麼，不做什麼，心中都有數的。」

傅華想想胡東強說的也不無道理。許彤彤是成年人，做什麼事都有自己的判斷，他對她的擔心其實是多餘的。就像他們剛認識時，他想要英雄救美，結果卻發現表錯了情，許彤彤根本早就有獻身的準備了。

傅華笑了一下，說：「好，算是我多慮了。」

胡東強滿意地說：「傅哥，你這個態度就對了嘛。其實我在女人方面也不是那麼混蛋的，跟過我的女人我都沒虧待過她們，就算分手，也會給她們一些補償的。」

傅華想想也是，這個胡東強雖然紈褲了點，但是對女人還算不差，他在北京也沒聽說過胡東強在女人方面有過什麼惡行。就像高芸都跟他鬧成那個樣子，他背地裏還是關心著高芸和高家。

胡東強又跟傅華聊了一會天，就先離開了。

傅華陪著攝製組一直到拍攝結束。

在返回賓館的途中，許彤彤問道：「傅哥，你今天說的那個天策集團，是不是就是現在執飲料界牛耳的天策集團啊？」

傅華點點頭，說：「是啊，就是那家。」

許彤彤又問：「那那個胡東強豈不是很有錢？」

傅華開玩笑說：「胡東強應該有億萬身家吧，現在你後悔對他的態度不好了吧？」

許彤彤搖搖頭說：「這個胡東強色瞇瞇的，舉止又很輕浮，一看就知道是個玩弄女人的老手，這種男人靠不住的。」

傅華心想：我沒有舉止輕浮，還不是瞞著鄭莉偷偷跟馮葵往來嗎？便說：「什麼樣的男人靠得住啊?!男人喜歡漂亮女人是天性，並不是說他們就靠不住。」

許彤彤饒有意味地看了傅華一眼，笑了笑，沒再跟傅華爭論什麼。

晚上，傅華陪同尹章和許彤彤吃過晚餐後，回到房間休息。

別看他只是跟著尹章和攝製組四處跑，基本上沒什麼事，但其實這種百無聊賴的狀態也很累人，所以躺在床上就想睡去。

偏偏這時候他的手機響了起來，是馮葵，就接通了電話。

馮葵開口就取笑說：「老公，怎麼我聽說你要改行做媒人了？」

傅華聽了說：「什麼媒人啊，又是許彤彤跟你說的吧？」

馮葵說：「是啊，許彤彤說你想撮合她和胡東強。怎麼，這麼快就厭倦她啦？那個小妖精看你拿她這麼不當回事，可是有些傷心啊。」

傅華笑罵說：「你老愛瞎說八道，我厭倦什麼啊，我是覺得許彤彤和胡東強兩人很合適，才會那麼做的。」

馮葵不認同地說：「我倒不覺得他們倆合適。東強太好玩，太花心，許彤彤跟了他不會幸福的。」

傅華說出自己的見解：「幸福不幸福其實是個人感受而已，你又不瞭解許彤彤內心中想要什麼，又怎麼知道她幸不幸福呢？胡家有強大的能力和財富，許彤彤如果能夠靠上胡家，馬上就可以麻雀變鳳凰，這跟她絞盡腦汁想要成名是殊途同歸的，她怎麼會不幸福呢？」

馮葵說：「原來你是這麼看的啊。」

傅華反問說：「難道我看的不對嗎？」

馮葵不以為然地說：「當然不對啦，許彤彤誠然不惜以接受潛規則也要爭取成名的機會，但是這並不代表她想要的是一種衣食無憂的生活，如果她僅僅想要這個，那她去做男人的金絲雀就好了。以她那個條件想要做男人的金絲雀，很容易就辦到的。」

傅華愣了一下，說：「那她想要什麼？」

馮葵笑說：「這個小妖精的野心大著呢，她想要的是一番事業，要功成名就，這個可不是去做胡家少奶奶就能夠做到的。」

傅華忍不住發牢騷說：「你們這些女人不要這樣子嘛，你們一個個都這麼想，都要有自己的事業，還要我們男人幹什麼啊？」

馮葵笑了起來，說：「我們會這麼想，是因為女人終於覺醒了，明白男人是靠不住的，靠誰也不如靠自己。兩性專家都說了，二十一世紀是女人的世紀，我們女人就是要活出自己的精彩。」

傅華埋怨說：「行行，你們都去靠自己好啦。」

馮葵打住這個話題說：「好了，不跟你說這些了，你什麼時候回北京啊？」

傅華說：「如果順利的話，還有兩天拍攝就結束，第三天我就回去了。幹嘛，想我了嗎？」

馮葵甜笑說：「能不想嗎？不過我更擔心你的安危，你不在身邊，我總是不安心。」

傅華說：「你還在擔心雎心雄會對我不利啊？我這幾天在海川不是一直風平浪靜的嗎？沒事的，你不用擔心了。」

馮葵卻憂心忡忡地說：「不行，你不知道，我這幾天總有一種不安的感覺，好像要出什麼事似的。我的第六感向來很靈，我怕雎心雄威脅到你的安全，你還是儘快回來吧。」

傅華並沒有把馮葵的第六感當回事，他覺得這只是馮葵關心則亂的反應而已，便說：「也許是你太想我的緣故吧？」

馮葵擔憂地說：「不是的老公，我總覺得雎心雄對你不會就這麼善罷甘休的。」

傅華安撫她說：「是你想太多了，小葵，我最近也沒做什麼招惹雎心雄的事啊？他應該不會再來找我的麻煩的。」

馮葵警告說：「你不能以常理去揣度一個野心家的。誒，你最近注意過嘉江省方面的消息嗎？」

傅華說：「我這幾天看新聞，沒有關於嘉江省的什麼新消息。」最近嘉江省相關的新聞似乎進入了一個靜默期，再也沒有像前段時間那種支持嘉江省經濟發展或者是聲援雎心雄的報導出來。也沒有關於楊志欣和豐湖省的報導，雙方暫時是個平手的狀態。

馮葵說：「有些消息，新聞是不會報導的，像嘉江省最近有一條消息就被壓著沒報導出來。這條消息就是因為鬧出黎式申的醜聞，睢心雄最近大動作的整頓了嘉江省公安廳，接連雙規了十幾名嘉江省公安廳的官員，據說這十幾名被雙規的官員都是黎式申的嫡系人馬，睢心雄大有清洗嘉江省公安廳的意思。」

傅華聽了說：「睢心雄這是做給高層看的，不這麼做的話，他無法跟高層交代黎式申的事。」

馮葵說：「這我知道，但是睢心雄這麼做有些矯枉過正，動作也太大了，搞得跟黎式申有過牽連的人都人人自危，生怕清洗到他們的頭上。」

「睢心雄這麼做是有點動作太大了，在這個非常時期，他應該要穩定人心才對。但是就睢心雄愛作秀的性格來看，他這麼做也是必然的。」傅華說。

馮葵訝異地說：「你說這是睢心雄的作秀？不會吧，這時候他都焦頭爛額了，怎麼還有心情作秀啊？」

傅華分析說：「別人不會，但睢心雄一定會的，這傢伙是個天生的演員，只要還在政治舞臺上，他就忘不了作秀給人看的。他現在說不定還打算做一場反貪腐的大秀給高層看呢，同時也向民眾證明他的大公無私，告訴人們：即使是他最親信的人貪腐了，他也會大公無私的處理。

馮葵佩服地說：「你這話說的真是一針見血，想想睢心雄的性格還真是這樣。不過這一次我覺得他可能是失算了，他不應該這麼做的。」

傅華不解地說：「你為什麼這麼覺得？」

馮葵說：「睢心雄就沒想過嗎，他把黎式中的事情搞得越大，越是證明嘉江省的問題嚴重，而且整頓的主將們都有這麼大的問題，那其他官員呢？搞出這麼多問題來，也更證明了嘉江省的整頓活動是一次睢心雄借機清洗異己的作秀而已。」

傅華笑了笑說：「這一點睢心雄不應該想不到，但睢心雄現在的情形是左右為難，顧此失彼，他如果不做出一些大動作出來，跟高層交代不過去。高層才是他能保住自己地位的根本所在，至於其他的，他可能就顧不上了。」

馮葵聽了說：「如果睢心雄真是這樣疲於應付的話，那他跟楊志欣的這場賭局就應該算是輸了。老公啊，你眼力不錯啊，站在了勝利者的一邊。不知道你幫了胡家和楊志欣這麼大的忙，他們會怎麼酬謝你？」

誠如馮葵所說，睢心雄如果陷身於應付高層的責難當中的話，那他再想更上一層樓的可能性也就不大了，他現在可能要以保住嘉江省省委書記寶座為目標，而非挺進中樞了。

政壇的風雲變幻莫測，才幾天，睢心雄還佔據上風，各方對他的支持紛至遝來。甚至楊志欣也跑去嘉江省向睢心雄示好。但是轉瞬間風向就逆轉，低調的楊志欣穩住了陣腳，還有高升的可能，而睢心雄卻要為保住現在的位置竭盡全力。

傅華很高興楊志欣能夠佔上風，但是這並不代表他想從楊志欣那裏得到些什麼，他說：「我可沒想讓他們酬謝我什麼的，我參與其中，只不過是不小心攪進去罷了。楊志欣也不是什麼好人，跟睢心雄其實是半斤八兩，只要睢心雄不找我的麻煩，我還是儘量遠離楊志欣比較好。」

馮葵笑說：「老公，你這話是不是說得太幼稚了點啊，全世界的人都知道你在幫胡家和楊志欣對付睢心雄呢，你現在想遠離楊志欣，那也得遠離得了啊！」

「唉！」傅華無奈的嘆了口氣。他不得不承認馮葵說的很有道理，他和睢心雄父子幾次鬥法，肯定讓很多人認為他身上打上了胡家和楊志欣的烙印，現在想撇清也撇清不了啦。

馮葵又說：「再說，你遠離楊志欣幹什麼啊，你幫楊志欣贏下這一局，睢心雄和他的同黨一定恨死你了，沒楊志欣的保護，你以後的日子恐怕不會好過了。」

傅華大嘆說：「這也就是說我無法從他們爭鬥的漩渦當中解脫了？唉，我這個小人物只想過一點安靜生活，睢心雄和楊志欣他們這個層次的鬥爭我根本就不想參與啊。」

馮葵笑說：「你也不用這麼無奈了，楊志欣贏了這一局，未來必將更上一層樓，念在你幫他這份情意，他應該會想辦法庇護你的，這是好事。至於你嫌楊志欣不是什麼好人，我覺得你這麼想就有點可笑了。」

傅華反問：「你覺得我很可笑嗎？」

馮葵批評說：「當然可笑啦，官場本來就是一個你爭我奪的世界，為了能夠在亂戰中生存下來，身在官場上的哪一個人不是無所不用其極啊?!不這樣的話，遲早要被淘汰的，所以官場上是沒有好人的位置的。老公，還是收起你所謂的政治潔癖吧，要不然的話，你很難在這個官場上生存的。」

傅華有點無言以對。想想也是，他一直想要在官場上尋找一些算得上是好人的領導，但最終皆以失望告終。就像他曾經以為金達是個有想法有作為的人，想協助金達在海川做出一番成績，但是金達在順利成為海川市市長之後，卻因為一點嫌隙就跟他反目成仇。

鄧子峰也是以滿腔正氣的好人面目出現在他的面前，但是他後來發現，其實鄧子峰的滿腔正氣跟睢心雄一樣，是為了撈取政治資本的作秀行為，鄧子峰為了照顧蘇南，一樣會徇私。更為了謀取政治上的利益，跟睢心雄沆瀣一氣，甚至出手幫睢心雄來整他。

這樣想來，官場上還真是沒什麼好人，就算有以好人面目出現的人，也不過是帶著好人面具而已，至於面具後面究竟是一副什麼樣的面目，只有那個人自己知道而已。

馮葵見傅華不說話，笑笑說：「怎麼不說話了，是不是被我說中心病了？」

傅華無奈地嘆說：「算你英明就是啦，等回頭回北京，我讓胡叔馬上帶我去拜楊志欣的碼頭，讓他收我做小弟好了。」

海川市政府，何飛軍辦公室。

吳老闆一臉的歉疚說：「何副市長，我真是有些對不住你啊，我怎麼也想不到歐吉峰居然是這樣子的人。」

何飛軍趕忙說：「吳老闆，千萬不要說什麼對不住，你也是想幫我的忙不是嗎？來來，先坐先坐。」

兩人就去沙發上坐了下來。

坐定後，吳老闆對何飛軍說：「何副市長，顧記者已經把你的意思跟我說了，你的意思我很明白，你放心，這件事我自己會處理，絕對不會牽連上你的。」

何飛軍說：「那我先謝謝吳老闆了，我們官場中人總是有許多顧忌，吳老闆能這麼諒解我，我真是很感激。」

吳老闆笑了笑說：「千萬別這麼說，我沒幫上什麼忙已經很不好意思了，就更不能再給你添什麼麻煩了。」

何飛軍對吳老闆這個把責任攬到自己身上的態度很滿意，示好地說：「不過害你白白損失了三百萬，我心裏有些愧疚。我讓明麗叫你來，也是想讓你來看看海川有什麼適合你的項目，如果你看好什麼項目，我會盡力幫你拿下的。」

吳老闆豁達地說：「三百萬的事你不用掛在心上，這筆錢我是付給了歐吉峰，又不是付給你，這個責任怎麼說也跟你無關；而且這筆錢最後是不是真的損失，現在還不好說。」

聽吳老闆的意思似乎還沒有放棄要向歐吉峰追討三百萬的意思，不禁愣了一下，他看了看吳老闆，說：「吳老闆，明麗沒把我的意思跟你講清楚嗎？我的意思是，這三百萬你不要去追了，這筆損失我會在將來你在海川做的項目中想辦法補償給你的。」

吳老闆笑說：「何副市長，你的意思我明白，你怕受這件事牽連不是嗎？這我可以小心些，仍然可以要回那三百萬的。」

何飛軍疑惑地說：「你真的有辦法能夠做到兩全其美？我跟你說，我可不允許有一點點的麻煩牽連到我的。」

吳老闆胸有成竹地說：「有些細節你不知道，我給歐吉峰錢的時候，就擔心歐吉峰沒辦法做到答應的事，於是先留了個心眼，讓他給我打了借條，現在他沒辦到，我當然可以以借款的名義向他討債，這是債務糾紛，與你完全無關。」

何飛軍不禁暗道，做生意的人果然都很精明，原來這傢伙早就先留後手了。

何飛軍自然也希望吳老闆能將三百萬要回來，那樣他就無需欠吳老闆的人情了。不過何飛軍還是有些不放心，說道：「吳老闆，我總覺得事情不是那麼簡單，你能保證歐吉峰不把我買官的事情講出去嗎？」

吳老闆很有自信地說：「何副市長，你可能是當局者迷了，我跟你保證，歐吉峰絕對不會把你買官的事講出去的。」

何飛軍不解地說：「你拿什麼來保證歐吉峰絕對不會洩露出去啊？」

吳老闆笑笑說：「你的擔心實在是多餘的，買官賣官這種私下的交易本來就見不得光，是違法的事，歐吉峰除非想給自己找麻煩，否則他是絕對不會對外洩露那三百萬是買官的費用。」

何飛軍沉吟了一下，點點頭說：「你說的很有道理，買官賣官是違法的，搞不好還要坐牢，歐吉峰應該不會自揭其短。不過吳老闆，我看那個歐吉峰搞不好就是個詐欺犯，他絕不會痛快把三百萬還給你的，我怕你告上法庭，那時候法庭查起來，歐吉峰就不得不把事情原委說出來了。」

吳老闆說：「這筆錢我壓根沒打算要通過司法程序來要。打官司太麻煩，要打贏官司，少不了要給法官送禮，而且費了半天勁打贏官司，也不一定真的能實行，多少人打贏官司拿到的判決書就等於廢紙一樣，根本就拿不到一毛錢。」

何飛軍一頭霧水地說：「那你準備怎麼要啊？你要有心理準備，歐吉峰很可能是早有預謀要騙你這三百萬的，絕對不會你一找他，他就乖乖的把錢退給你。」

吳老闆露出一抹冷笑，說：「我還沒那麼天真，這筆錢我準備找討債公司去幫我討。」

何飛軍眉頭皺了一下，他聽說過很多討債公司使用暴力的手段討債而出了事，質疑說：「吳老闆，這個討債公司靠不靠得住啊？」

吳老闆笑說：「絕對靠得住，我找的這家公司可是經過工商部門合法登記的，在這一行很有信譽，我跟他們合作過幾次，讓他們幫我催討一些公司欠我的貨款，都是又快又好，只不過他們收取的費用會高一點罷了。」

何飛軍好奇地說：「會高到多少啊？」

吳老闆說：「百分之四十到五十吧，特別難討的百分之七八十都有；像歐吉峰這樣的，估計那家公司可能收我一半的抽成。」

何飛軍咋舌說：「這麼高啊？」

吳老闆氣憤說：「高是高了點，但我寧願便宜了那家公司，也不想放過歐吉峰那個混蛋。媽的，我吳某人還沒被人這麼耍過，不教訓他一下，這口氣我咽不下去。」

何飛軍忍不住勸道：「你可不要意氣用事啊，萬一出了什麼意外可就不好了。」

吳老闆笑了笑說：「您放心好了，整件事是由我自己出面，絕對不會扯上你的。」

何飛軍這才放心說：「既然吳老闆這麼篤定，看樣子這個歐吉峰可有苦頭吃了。」

吳老闆說：「我絕不會輕饒他的。誒，何副市長，我們不說歐吉峰這個混蛋了，還是說說海川的情況吧，你看有什麼適合我做的項目啊。有一點我事先聲明，如果你幫我拿到了項目，該有的謝禮我一定會有的，絕對不會讓你吃虧。」

聽吳老闆這麼說，何飛軍頓時心花怒放，他本來因為要彌補吳老闆的損失，沒打算要從吳老闆那裏拿什麼好處的，因而難免有些肉疼。現在吳老闆卻承諾他該得的好處一分都不會少，這自然讓他十分的高興。

何飛軍嘴上卻不肯承認這一點，假意地說：「吳老闆，你跟我就不用這麼客氣了。」

吳老闆很義氣地說：「要的要的，吳某人這幾年在商界薄有虛名，靠的只有一點，那就是從來不虧欠朋友。」

何飛軍滿意地說：「最近海川市政府打算處置一些倒閉或解散的企業所擁有的資產，吳老闆，你可不要看不起這些資產，裏面可是有金子的。」

吳老闆笑說：「這我相信，很多國有企業倒閉的原因並不是本身資產不好，而是經營者出了問題；那些被指派任命的經營者往往根本就不懂經營，他們只會拼命的把公家資產往自己腰包裏放，才造成企業倒閉，事實上，那些企業裏很多資產都相當優質。」

何飛軍感嘆說：「這是體制上的問題。這次市裏要出售的資產，我給你準備了份資料，你拿回去看一下，也可以在海川實地考察一下，看看有什麼是你感興趣的。如果看中什麼就跟我說，我會幫你做一些安排，讓你低價把它收入囊中的。」

何飛軍就把一個裝著資料的檔案袋遞給吳老闆。

吳老闆接了過去，說：「我會認真看的。很多人都說政府的錢最好賺，我倒要看看究竟是怎麼個好賺法。」

何飛軍笑說：「你放心好了，肯定不會讓你失望的。你先拿回去看吧，看好了什麼我們再來商量。」

吳老闆高興地說：「好的，何副市長，我會在海川停留幾天，實地看看這些資產的狀況，然後我們再碰頭好了。」

第十章

虛假萬花筒

尹章笑說：「我講的只是我在這一行的一點點經驗而已，
娛樂圈是一個光怪陸離的萬花筒，
從外面看，色彩絢爛繽紛，異常的美麗，
但其實這不過是三稜鏡折射出來的虛假圖像而已。
拆開來，裏面只是一堆玻璃碎片而已。」

海川機場。

結束拍攝的尹章，帶著天下娛樂公司的人馬正準備搭機返回北京。

姚巍山昨晚在海川大酒店設宴為尹章一行人送行，所以今天前來送行的人是胡俊森。

胡俊森握著尹章的手，臉上熱情地招呼說：「尹導演，您這次來去匆匆的，怎麼也不在海川多待上幾天，海川有很多好玩好吃的，您還都沒有吃過玩過呢。」

尹章笑笑說：「胡副市長，主要是我因為這一次的行程實在太緊湊了，還有一部片子等著我回北京進行後製呢，以後有機會吧，有機會我會再來海川市的。」

胡俊森說：「那我可等著您再來海川的這一天啦。對了，海川新區的鏡頭還麻煩您多給保留幾個，雖然新區還是起步的階段，到處都是建設的工地，但是它也展現了海川經濟蓬勃發展的一面。」

尹章在拍攝的最後一天，利用時間去海川新區拍了幾個鏡頭，因此胡俊森特別提醒尹章，希望新區能夠在尹章的片子裏面多露露臉。

尹章笑笑說：「這個您不用擔心，能保留的鏡頭我會儘量保留的。」

胡俊森又和許彤彤握了握手，感激地說：「也要謝謝彤彤小姐，你把我們海川最美的一面展現了出來。」

許彤彤落落大方的說：「胡副市長真是太客氣了，這個功勞不能算在我頭上，這全是尹導演的功勞，是他的鏡頭將海川市拍得那麼美的。」

傅華暗自讚嘆許彤彤很會做人，她這句話，自謙的同時，也稱讚了尹章，還不讓人覺得馬屁拍得肉麻，尹章聽到肯定很高興。果然，一旁的尹章聽到這句話頗為受用的笑了。

雖然市政府沒有公佈尹章的行程，但是現場還是有不少的媒體和尹章的粉絲來為尹章送行。不過尹章並沒有要開記者會的打算，所以記者和粉絲都被機場的保安給擋在了警戒線外。

有記者喊著讓尹章說說這次拍攝的感受，尹章衝人群揮了揮手，說：

「對我來說，這是一次非常愉快的拍攝經歷，海川環境優美，空氣清新，海川的人民更是熱情好客，讓我心情特別的好，拍攝也十分的順利。這次選擇的女主角許彤彤，是一位十分優秀的藝人，她到位的體現出我想要表達的感覺，讓我很是欣賞。好了，我就說這麼多了，感謝各位喜歡我的朋友們的捧場。」

尹章不愧是大導演，不但很好的掌控了現場的節奏，還適時地推介了海川市和許彤彤，真是面面俱到。

許彤彤沒有講話，乖巧地站在尹章旁邊，面帶微笑朝人群揮了揮手，卻展現出一副大明星的風範，惹得記者連連拍照捕捉畫面。

尹章講完，又和胡俊森握了握手，說：「胡副市長，再見。」

胡俊森拍了一下傅華的肩膀，讓傅華一路上照顧好尹章他們。尹章一行人便轉身準備通關進行安檢。

傅華也跟著進去時，警戒線外突然有人喊道：「傅哥，你快讓他們放我進去。」

傅華轉頭一看，居然是胡東強站在那裏衝著他揮手，機場保安不知道他的身分，因此毫不客氣的將胡大少爺阻攔在警戒線外。

傅華知道胡東強絕沒有那麼熱心會來機場送他，能讓胡大少專程趕來機場接送的，除了許彤彤，也沒有別人了，傅華於是就示意讓機場保安放胡東強過來。

胡東強快步走了過來，看到傅華便抱怨說：「傅哥，真不夠意思啊，要離開海川也不跟我說一聲。」

傅華笑說：「別裝了，你真的是來送我的嗎？」

胡東強不好意思地說：「送誰都一樣嘛。」說著，就去對一旁的許彤彤笑了笑，沒話找話的說：「彤彤小姐，你也要回北京了嗎？」

許彤彤大方地說：「是呀胡先生。」

胡東強悵然若失地說：「我也很想跟你們一起回去北京，但可惜不行啊，天策集團在這邊還有一些項目需要建設，我作為負責人，還必須留在海川一段時間。想不到跟你這麼匆匆一見就要分別了，我心裏真不是個滋味啊。」

傅華心說胡東強的臉皮還真厚啊，人家許彤彤又不是他什麼人，到今天也就跟他見過兩次面而已，他有什麼不是滋味的啊？

許彤彤有些尷尬的笑了笑，她不想回應胡東強對她表現出來的熱情，但也不好太掃胡東強的面子，正好看到尹章回頭看著她，似有不滿，就甜笑著說：「胡先生，我們以後還有機會見面的，你看尹導演還在等著我呢，我們再見吧。」

胡東強趁勢說：「對對，我們肯定有機會再見面的，我會儘快把這邊的事安排好，早點趕回北京，到時候我請你吃飯。」

胡東強說的好像是許彤彤巴不得再跟他見面一樣，許彤彤想要分辯，卻看到尹章又看了她一眼，知道不能再跟胡東強糾纏下去，尹章會生氣了，趕忙笑笑說：「胡先生，我真的要走了，這樣吧，一切都等你回北京再說吧，我先走了。」

許彤彤快步跟上尹章，胡東強在背後依依不捨的喊了句：「再見了，彤彤小姐。」

傅華忍不住笑罵道：「好了，別這副德行了，看到漂亮女孩就這麼殷勤。我可跟你說，不准為了她老往北京跑，荒廢了海川的項目，看胡叔不打你屁股！」

胡東強回嘴說：「我是那麼公私不分的人嗎？好了，你趕緊走吧，沒看到一大群人在等著你嗎?!」

傅華就趕快上前，隨著一行人的腳步搭機去了。

上了飛機之後，許彤彤坐在傅華身邊，有點為難的說：「傅哥，你能不能跟你這位朋友說一聲，別再纏著我了，我還年輕，想專心事業，不想談感情。」

傅華心想：胡東強也沒想要跟你認真的談感情，他纏著你只是想玩玩的。

不過傅華不好去拆穿胡東強的真實意圖，就笑笑說：「我可以去跟他說，不過有沒有用我就不知道了。這些豪門子弟任性慣了，很難聽得進別人的話的。」

這時，一旁的尹章聽了，看著許彤彤耳提面命說：「彤彤啊，你現在是我們公司力捧的新人，這種事你可要守住原則啊。這些有錢有勢的少爺們纏著你，不過是看上你的美色，不是真的喜歡你這個人。美女到處都是，等他對你的新鮮勁兒過了之後，他就會轉而追逐別的女孩子了。」

傅華心裡沒想到尹章竟然會說出這樣地一番話來，便不由得看了尹章一眼，想說：你竟還有臉說出這種話來，想當初你也是對許彤彤有不軌企圖的人之一呢。

尹章看傅華看他，知道傅華的意思，笑說：「傅主任，你不要用這種眼神看我，我承認我尹章也不是什麼好人，但不代表我就不能對彤彤這樣的新人說兩句忠告的話吧？」

傅華趕忙說：「尹導演不要介意，我只是有些意外您會說出這種話來，沒別的意思，請繼續吧。」

尹章笑說：「其實我也不想跟彤彤說什麼大道理，我講的只是我在這一行的一點點經驗而已，娛樂圈是一個光怪陸離的萬花筒，從外面看，色彩絢爛繽紛，異常的美麗，但其實這不過是三稜鏡折射出來的虛假圖像而已。拆開來，裏面只是一堆玻璃碎片而已。」

尹章說到這裏，頗為感慨的說道：「我在這一行也打滾了二十多年，見過不少跟彤彤一樣的女孩子，這些女孩子跟彤彤一樣的漂亮，入行後，自然有不少的狂蜂爛蝶瘋狂地追逐她們，很多女孩就被這些人呈現在她們面前的財富給迷惑住了，把持不住自己，然後淪為這些傢伙的玩物，曇花一現後就在這個圈子消失了。所以彤彤啊，你如果真的想要在娛樂圈混出點名堂，可要以這些人為戒啊。」

許彤彤不知道是真的聽進去了，還是敷衍尹章，態度很誠懇的點了點頭說：「我會的，尹導演，我會把持住自己的。」

尹章潑冷水地說：「你別答應的這麼快，一句『把持住自己』說起來輕巧，做起來卻很難。很多人其實也不是不想把持住自己，但是在當下的那一刻，財富或者權力的誘惑，或者某種強大勢力的壓迫，想要把持住自己就會變得異常的艱難。」

傅華聽了打趣說：「尹導演，我怎麼感覺你說的不是娛樂圈，反而像是在說官場一樣。」

尹章笑說：「其實娛樂圈跟官場、商場沒什麼區別，說到底都是在爭名逐利，為了名利，我見過太多的師徒反目、兄弟鬩牆、夫妻背叛，什麼母女共同服侍一個大老，或是某個富豪竟同時包養一男一女兩個大明星……很多你們想都想不到的齷齪事在這個圈子裏都會發生。」

母女共同服侍一個大老、某個富豪同時包養一男一女兩個大明星，這是最近娛樂圈很熱門的話題，似乎並不是空穴來風，不過這些花邊新聞，傅華不想去探根究底，便總結說：「呵呵，看來娛樂圈的黑暗程度也不差於官場和商場啊。」

這時尹章意識到他的話有點多了，不好意思地說：「我今天不知道怎麼了，跟你們說這些有的沒的。別當真啊，我也就這麼說說而已，你們聽過就忘了吧。」

傅華笑說：「尹導演，你也太小心了，這種事本來就是你姑妄說之，我們姑妄聽之的，誰會當真啊。」

尹章笑了笑，沒再說什麼。

到了首都機場，「天下娛樂」有人來接尹章他們，駐京辦的車也在機場等著傅華，傅華就和尹章、許彤彤分了手，坐上車往駐京辦趕。

回到駐京辦，羅雨立即過來向傅華彙報這幾天駐京辦的公事。傅華聽了聽，沒什麼特別的事，就跟羅雨道了聲辛苦讓他離開，他則是開始處理他不在北京這幾天駐京辦積攢下的公文。

沒一會兒，手機響了起來，是單燕平打來的。

傅華這才想起來他離開海川的時候，忘記跟單燕平道個別了，接通後就說：「不好意思啊，老同學，我已經回北京了，走的時候太匆忙，忘記跟你打聲招呼了。」

單燕平開玩笑說：「你還知道不好意思啊！怎麼？怕我請不起一頓餞行酒嗎？」

傅華笑說：「不是那個意思，主要是沒時間。這樣吧，等我下次回海川，我專程請你當做賠罪。」

單燕平說：「還要等你下次回海川啊？那我去北京時你不請我嗎？」

傅華愣了一下，隨即說道：「你這是馬上要把總部搬到北京嗎？不會動作這麼快吧？」

單燕平笑說：「我這個人可不是喜歡拖拖拉拉的人，一旦做了決定，當然要立即行動了。我過幾天就會去北京，一來是去看看興海集團的總部放在什麼地方比較合適，是要買棟現成的大廈呢，還是要買地自建；二來，我也要去跟中儲運了解接觸一下，看看要怎麼把灘塗地塊的項目從中儲運手裏拿下來。」

傅華聽到單燕平打算要在搬遷興海集團總部的同時，還要拿下灘塗地塊項目有些心驚膽跳。這兩件事所要動用的資金可不是小數目，興海集團能夠在不危及公司營運的前提之下拿出這麼大一筆資金，實力可見一斑。

另外，傅華在回北京之前，早已經從政府部門的朋友那裏得到了消息，海川市政府已經給修山置業發出了一份措辭嚴厲的通知。通知的內容裡有兩項，一項是催繳修山置業所欠繳的土地出讓金，第二項是催促修山置業必須趕緊將灘塗地塊復工。

這份通知讓海川市很多人都大跌眼鏡，他們還記得孫守義一向反對向修山置業發這樣的通知，誰知孫守義在跟單燕平談過之後，態度便來了個大逆轉，立即讓海川市政府發出了這份聲明。

傅華也感到十分驚訝，孫守義的頭腦精於算計，單燕平竟能說服他，這是很不簡單的。而單燕平說要來北京接觸中儲運的高層，很可能也是她施壓計畫的一個環節，她是想要說動中儲運的高層向東海分公司施壓，逼迫他們放棄灘塗地塊。

這些大型國企的高層享有很高的權力，手裏掌握著豐富的資源，能夠跟他們結交，等於是找到了財富之門的鑰匙，因此這些人很搶手，可不是隨便就能接觸到的。

單燕平這麼輕鬆的說要接觸中儲運，難道說支撐興海集團這幾年業務暴漲的人，就是中儲運的某位高層領導嗎？這個可能性很大，因為興海集團是搞運輸起家的，中儲運跟他們的業務某些部分是重合的。

傅華笑說：「老同學，歡迎你來北京發展啊，請客是小意思，你來北京之後隨便你點地方。」

單燕平說：「你這話我記住啦，可別到時候要賴啊。」

傅華回說：「放心好了，請你吃頓飯的能力我還是有的。」

單燕平聽了笑說：「那你準備好了，我過幾天就去北京，順便你也幫我參謀一下總部選在什麼地方比較好。」

傅華爽快地答應說：「行啊，我在北京恭候你的大駕。」

單燕平就掛了電話。

傅華不禁感慨起來，人的際遇和發展真是很難預測啊，回想他這個老同學以前在學校時，其實成績並不好，也沒有受過什麼高等教育，據說初中畢業後就沒再讀書了，很快嫁了個跑運輸的司機。

但是俗話說：英雄不論出身低，她現在能夠把興海集團做得這麼風生水起，還要把總部遷到北京，甚至參與全中國這個大市場的競爭中，這要有多大的氣魄啊？有多少身為社會精英的男人都很難跟她比肩。

而他這個北大高材生只能守著海川駐京辦這個小地方營營苟苟的過日子，跟單燕平可是差得太遠了，這讓傅華難免有些英雄氣短。

傅華沒有待到下班，而是把積壓的事務處理完就回了家，他離開家好幾天，想早點回去看看兒子。

回到笙篁雅舍，家中就只有保姆和傅瑾。傅華雖然把他今天要回來的消息告訴了鄭莉，鄭莉卻沒有因此就早早的回家等他。

傅華多少也有些適應了，他現在也沒有把心思都放在鄭莉身上，鄭莉忙於工作，反而讓他感到很輕鬆，因為這樣，他就不會因為跟馮葵的不倫之戀而感到歉疚了。

傅華陪著兒子玩得正高興的時候，馮葵打電話來，傅華把兒子交給保姆，去書房接了電話。

馮葵問：「你現在在哪裏啊？」

傅華說：「在家陪兒子呢。」

「陪兒子，不是陪老婆？」馮葵意外地說：「這麼說老大不在家了？」

傅華無奈地說：「她在忙她的工作呢。」

馮葵責備說：「老大也是的，知道你今天回來，還不趕緊回家陪你，不是說小別勝新婚嗎？看來你們倆個還真是有問題啊。你們現在對對方還有激情嗎？」

傅華笑了笑說：「夫妻倆過日子，哪有那麼多激情啊，平平淡淡的才是生活的真實面目。」

馮葵嘆了一聲，感嘆地說：「看來我還真是不適合做人家的老婆啊，我就過不了你所說的這種平淡生活，現在只要想起你來，我的內心就躁動不安，明明知道你才剛從海川回來，第一站肯定是要回家跟老婆兒子團聚的，但是我還是忍不住地想打個電話給你；哪怕不能馬上見面，聽聽你的聲音也好。老公啊，你說我這樣子如果做人家的太太，是不是也是那種不安於室的老婆啊？」

傅華笑了起來，說：「肯定是的。好啦，我明天會找時間去看你的，現在掛電話吧，別讓老大回來聽到就不好了。」

馮葵聽了，忍不住問：「老公，你跟我說實話，你害怕我們的事被老大知道嗎？」

傅華心裡遲疑了一下，他其實也不太清楚究竟怕不怕鄭莉知道他和馮葵的事。說怕吧，他還真是有些怕，他不是一個喜歡變動的人，喜歡固定待在習慣的環境中。如果鄭莉知道他出軌了，勢必會帶來一場家庭關係的大變動。然而，他和鄭莉的夫妻生活卻早已沒有當初在一起時的那種激情了，分開對雙方未嘗不是一種解脫。因此傅華現在是一種矛盾的心態，既想要維持，又想要解脫。

他正不知道該怎麼回答馮葵時，就聽到鄭莉開門的聲音，於是趕忙說：「好了小葵，老大回來了，我掛啦。」

傅華掛了電話，走出書房。

鄭莉看到傅華，淡淡的說：「你回來了。」

傅華點點頭，說：「又忙什麼，回來的這麼晚啊？」

鄭莉笑了笑說：「也沒什麼，就是工作上的事情。誒，你回來得正好，明晚不要安排什麼應酬，陪我出席服裝界年度十大評選頒獎典禮吧。」

傅華驚喜地說：「你入選了？」

鄭莉點點頭，得意地說：「我入選年度十大新銳人物，不過能不能得獎，就沒什麼把握了。」

傅華有信心地說：「你這麼優秀肯定沒問題的。不過，我可不可以不去參加這個頒獎典禮啊？」

通常這種頒獎典禮都是冠蓋雲集，名流匯聚，他這種小腳色即使自信心再強大，可以不自卑，去了也是不被人理睬的那種，實在是很無趣；與其這樣，倒還不如不去。

鄭莉愣了一下，反問道：「你什麼意思啊？不想看到我的成功是吧？」

傅華趕忙解釋說：「不是啊，只是我去了怕給你丟人罷了，你那些同行帶去的同伴大多都是社會名流，我一個駐京辦主任湊在裏面，顯得十分不搭調。」

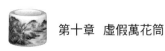

鄭莉奇怪地看了眼傅華，說：「老公，你怎麼了，以前你都不畏懼這些場合的。」

傅華困窘地說：「我是不畏懼，但是不畏懼不代表差距就不存在，這就好像一個窮酸的乞丐進了富人家，他的腰板挺得再直，也無法改變他所穿衣服的破舊啊。」

鄭莉有些不高興的說：「我又沒叫你去跟別人比較身分地位，我是叫你作為我老公出席，給我打氣的，你現在心理是不是很不適應這種成為我的陪襯的狀態啊？」

傅華沒想到鄭莉會想到這方面去，誠然鄭莉的成功，給了他不小的心理壓力，但是他並沒有不適應。

他本來想再爭辯幾句，但想想會影響鄭莉參加頒獎典禮的心情，就說：「不是你想的那樣，只是我去了也遇不到什麼朋友，有點悶而已。好了，為了你，我去就是了。」

鄭莉的臉上這才有了些笑意，說：「老公，這是服裝界一年一度的盛會，在國內的時裝界影響力很大，能不能得到這個新銳人物獎，我心裏很在意，所以需要你去給我打氣。」

傅華順從地說：「好，我去就是了。」

鄭莉滿意地說：「那就好。你明天先把工作的事往後推一推，我陪你去買一套參加典禮的衣服。」

傅華想說有必要這麼折騰嗎？不過看鄭莉臉上的熱切神情，他識趣的閉上了嘴巴。

請續看《權錢對決》7 當局者迷

權錢對決 六 鋌而走險

作者：姜遠方
發行人：陳曉林
出版所：風雲時代出版股份有限公司
地址：105台北市民生東路五段178號7樓之3
風雲書網：http://www.eastbooks.com.tw
官方部落格：http://eastbooks.pixnet.net/blog
Facebook：http://www.facebook.com/h7560949
信箱：h7560949@ms15.hinet.net
郵撥帳號：12043291
服務專線：(02)27560949
傳真專線：(02)27653799
執行主編：朱墨菲
美術編輯：許惠芳

法律顧問：永然法律事務所 李永然律師
北辰著作權事務所 蕭雄淋律師

版權授權：蔡雷平
初版日期：2017年3月
初版二刷：2017年3月20日
ISBN ：978-986-352-410-6

總 經 銷：成信文化事業股份有限公司
地　　址：新北市新店區中正路四維巷二弄2號4樓
電　　話：(02)2219-2080

行政院新聞局局版台業字第3595號 營利事業統一編號22759935

定價 ：280元　　特惠價 ：199 元

國家圖書館出版品預行編目資料

權錢對決 ／ 姜遠方 著. -- 初版. -- 臺北市：
風雲時代，2016.11-　冊；公分

ISBN 978-986-352-410-6（第6冊；平裝）

857.7　　105019530